しあわせガレット

Galette du bonheur

中島久枝

Nakashima Hisae

角川春樹事務所

しあわせガレット

目次

装画　嶽まいこ
装幀　アルビレオ

しあわせガレット

プロローグ

「今までありがとうございました」

係長やほかの社員たちに礼を言って部屋を出た。目礼を返してくれた人もいるが、それでおしまい。二年ほど働いた場所だけれど、派遣社員なんて簡単なものだ。来月からはまた別な人が来る。

詩葉《ことは》はビルの外に出た。夕方五時、薄青い三月の空が広がっていた。うすら寒い風が首筋を吹き抜けていく。

ぴかぴかに磨かれたウィンドーに詩葉の顔が映っていた。不機嫌と困惑と淋《さび》しさがまじった、居心地の悪そうな顔をしていた。

アルバムの中の、子供時代の詩葉もこんな顔をしていた。

二歳違いの姉の沙織《さおり》は目鼻立ちがはっきりした顔立ちで、勉強ができてスポーツ万能だった。学校はもちろん町内の人気者で、どこに行っても「沙織ちゃんの妹」と言われた。詩葉は勉強もスポーツも普通で、一重まぶたの地味な顔立ちだ（今はアイプチで二重になっているけれど）。注目を浴びるのは姉、自分ではない。悔しかった。けれど、それは仕方のないことだと思っていた。

上野の美術館で同じ顔に会ったときは驚いた。

黒っぽい頭巾《ずきん》のようなものをかぶった二人の少女がこちらを見ている。姉と妹だろうか。少女は裸足《はだし》で、赤い頬《ほお》をしている。外で遊んでいたのか、それとも家の仕事を手伝っていたのか。縞《しま》のエプロンと青いシャツには泥がついているように見えた。

背の低いほうの少女と目が合った。

――なんで、あたしなんかを描くわけ？

上目遣いの表情から、そんな言葉が聞こえてきそうだ。

ゴーギャンの『海辺に立つブルターニュの少女たち』というのが、その絵のタイトルだった。詩葉はポストカードを買って、しばらく部屋に飾っていた。

子供のころの屈折した気持ちは、成長とともにいっそう強くなった。学校でも、仕事に就いてからも、詩葉は居心地の悪さを感じてしまう。

おそらく悪いのは詩葉のほうなのだ。

たとえば世間話。天気のことからはじまって、昨日見た映画の話、家で飼っているペットのこと、たわいのない会話を糸口に親しくなる。そういうことが難しい。なにを話したらいいのか分からない。面白い話ができない。そもそも、世間の人たちは詩葉の話なんかに興味をもつのだろうか。

その一方で、みんなと仲良くしなくてはいけないという気持ちも強い。うまくやろうと立ち回って、八方美人とささやかれたこともあるし、ささいなことでからかわれたこともある。

二年働いた会社で女性社員も多かったのに、ランチに誘われたのは最初だけで、その後は、いつもひとりで昼食をとっていた。

世の中は人と人とのつながりでできているから、他人とうまくつきあえないと、いろいろ不都合が生じる。

学生時代に就職活動に出遅れたのも、会社の選び方を間違えたのも、ほかの同級生たちのように仲間内で情報交換ができなかったからだ、と思っている。英文科を卒業して英語に関わる仕事をしたいと憧れていたが、門戸は開かれなかった。なんとか滑り込んだ警備保障会社は体育会系の人たちが多く、独特の濃密な人間関係があった。

配属されたのはシフトを組む部署だった。さまざまな年代のキャリアも経験も違う人々と交渉することになった。

土日は働きたくない。夜勤は避けたい。早朝も困る。

さまざまな要望が寄せられた。急な欠勤があると、その穴埋めにも苦労した。

――あいつと同じシフトでは働きたくない。

――どうして自分ばかり厳しい現場になるのか。

新人の詩葉にならし言いやすいのか、強い調子で文句を連ねてくる人もいた。いつまでもシフトが決まらず、上からは注意され、現場の人からは突き上げられて苦労した。

決定打となったのは、三十代の既婚男性と噂《うわさ》がたったことだ。

詩葉はその人と特別親しいわけでも、融通をつけたこともない。それなのに突然、同僚から「あの人とつきあっているの？」と聞かれた。相手の男性が匂《にお》わせるような態度をとったらしい。やがて、どこそこで二人がいっしょにいるのを見た、奥さんが怒って怒鳴り込んだなどの噂が面白おかしく語られた。

詩葉はきちんと反論すべきだったのだ。相手の男性や噂をした人たちに怒らなければいけなかった。けれど、事を荒立てたくなかった。黙殺していれば自然に収まると思っていた。

気づけば詩葉は孤立していた。数は少ないけれど、同じ年ごろの女性社員もいた。ひとりでも仲のいい人がいればよかったのかもしれないが、詩葉にはいなかった。

ちょうどそのころ、英文翻訳の会社で契約社員の募集を見つけて、そちらに移った。正社員ではないが、好きな英語の仕事。それに、そこは業界でも名の知れた大手だったのだ。

最初の仕事は英訳したものの校正だった。会員住所録、工業機器のマニュアル、医学書の参考文献など、さまざまな英文の校正をした。見知らぬ地名、専門用語が続く大量の文書の細かい字を追っていく仕事は神経をすり減らした。

そのころ、たまたま読んだ雑誌に、ＡＩの進歩により十年後なくなる仕事として翻訳業があがっていた。そのとおりだと思った。少なくとも日本語を英単語に置き換えたときの校正作業は早晩不要になるだろう。

面接で正社員登用の道もあると聞かされたが、実際に正社員になった人はほとんどいないことも知った。

そこを一年で辞めて、それからは派遣社員。

派遣のほうが気楽という人もいるが、三月《みつき》も働いていれば人間関係のあれこれに巻き込まれる。ボーナスもないし、待遇も悪い。

なんとかしなくちゃと思いながら、気づけば三十五歳。

Time flies.

光陰矢のごとし。

昔の人のいうことは、的を射ている。

詩葉はいまだに大学時代から住んでいる千駄木《せんだぎ》のアパート暮らしだ。

結婚もせず、子供もいない。貯金も、家も、安定した仕事もないのないないない尽くし。

そんな詩葉に谷根千《やねせん》、つまり谷中《やなか》、根津《ねづ》、千駄木の町はやさしい。

表通りはマンションが立ち並んでいるが、細い路地に入ると木造の古い家があって猫が遊んでいる。部屋は鉄骨三階建ての二階の六畳1K。七十歳くらいの気のいい婦人が大家で、隣に住んでいて、すっかり古顔になった詩葉のことをなにかと気にかけてくれる。

商店街には昔ながらの魚屋さんに八百屋さん、佃煮《つくだに》にパンに銭湯。こだわりの本屋さんも昭和の雰囲気の喫茶店もスナックもしゃれたバーもある。顔見知りになれば親切にしてくれるし、ほっておいてもくれる。ほどよく下町で、ほどよく都会。そこが落ち着く。

木は森に隠せ。三十女は谷根千に隠れろだ。

千駄木駅からバス通りを根津方向に進む。やなか珈琲《コーヒー》店を過ぎて、和菓子のつる瀬《せ》や八重《やえ》垣煎《がきせん》餅《べい》の前も過ぎて根津神社前の信号まで来た。

アパートはもうすぐだが、藍染《あいそめ》大通りに新しくできたブーランジェリーのことを思い出した。おいしいけれど、詩葉は特別な日しか買わない。今日はその特別な日だ。契約がきれて、しばらく無職になる。倹約生活に入る前に、夕食は少し贅沢《ぜいたく》をしてバゲットサンドだ。

そんなことを思いながらゆるい坂道をのぼった。フランス国旗の出ているカウンターだけの小さな店をのぞくと、お客さんが二人いる。

外で待っていると路地の奥に古民家が見え、看板が出ていた。

〝ポルトボヌール　ガレットとクレープの店〟

バターと砂糖のまじった甘い香りが流れてきた。

築五十年は経《た》っていそうな黒っぽい木造の二階家である。最近、このあたりではこうした古い日本家屋を改装した店が増えている。

香りに誘われ二階家のほうに足を進める。アンティークな雰囲気がいい感じだ。店の前で建物をながめていたら、突然扉が開いて、赤い髪の女の人が現れた。

「どうぞ、お入りください」

「え、あ、はい」

詩葉はつい中に入ってしまう。窓辺のテーブルにつくと、女の人が水とメニューを持ってきた。年は五十歳くらい。真っ赤な髪と白いコックコートが目をひいた。化粧っけのない小さな顔に長いまつげに縁どられた、大きな黒い瞳が強い光を放っている。美人というのではないけれど、人を惹きつけるものがある。人当たりのいい、やさしい感じがするが、同時に一筋縄ではいかない、油断のならない感じもする。

──今日の夕食はフランスパンのサンドイッチではなかったのか。

一瞬、そんな考えが頭をかすめたが、席を立つ勇気は詩葉にはない。さっき会ったばかりの人に対しても、機嫌をそこねたくないという気持ちが働くのだ。

メニューを開いた。

〝プロヴァンサル　～モッツァレラチーズとハムのガレット
プランタニエール　～春野菜とカマンベールチーズのガレット
サーディン・オ・セル　～いわしのグリルとガレット〟

視線を下げると、こうも書いてあった。

〝ガレットは一枚一枚焼きます。シェアすることはできません。その人のための一皿です。メニュー以外にもお好みがあれば、遠慮なくおっしゃってください〟

顔を上げると、赤い髪の女の人と目が合った。

「ブルターニュの伝統的なガレットは、そば粉が入っています。後ろのページにはクレープもあります。今日のおすすめは横の黒板を見てください」

詩葉は室内を見渡した。

テーブル席が四つにカウンター席が四席。窓の向こうは小さな庭で青と白の花が咲いていた。

カウンターの向こうは厨房《ちゅうぼう》だ。コックコートを着ているから、この女の人が料理をするのだろうか。

ほかの客はいない。詩葉ひとりだ。

脇の黒板には、ラタトゥイユや魚のスープなどの名前が並んでいた。

メニューのページをめくると、さっき言われたクレープのリストがあった。

さらに――突然、あの少女の絵が出てきた。

――やだ。あんた、なんでこの店に来ちゃったの？

そんな顔をしている。

びっくりして顔をあげると、女の人と目が合った。言葉が口をついて出た。

「ゴーギャンの絵ですよね。偶然だなって。私、この絵が大好きなんです。部屋にも飾っていたことがありました」

「そう。私も好きだわ。ゴーギャンはブルターニュに住んでいたことがあるのよ。ブルターニュには独特の風景や風俗があるから、誘われる画家もたくさんいたの。パリのホテルのマダムから聞いたことなんだけれどね、ゴーギャンはこう言って、友達をブルターニュに誘ったんですって」

――ブルターニュには君の人生を開く扉がある。その扉を開けるかどうかは君次第だ。

「マダムは私にもブルターニュに行くことを勧めたの。その言葉に従った私はブルターニュで〝その人のために焼く一皿〟という扉を開けた。だから、この店の名前はポルトボヌール。幸せの扉って意味よ。どう？　ガレットを食べてみたくなった？」

女の人は詩葉の顔をのぞきこんだ。思わず「はい」と大きくうなずいた。

これが、多鶴《たづる》さんとの出会いだ。

その日、詩葉はモッツァレラチーズとハムのガレットを選んだ。

運ばれてきたガレットは四辺を折ってもまだ、皿から少しはみだすほどの大きさだった。厚切りのももハムに溶けたモッツァレラチーズがからみ、卵、生野菜ものっている。

「結構、ボリュームがあるでしょ。気にいってくれると、うれしいけど。卵をくずしてソースのようにして食べてね」

多鶴さんは大きな黒い目で、詩葉をまっすぐ見て言った。

そば粉の入ったガレットは端のほうは薄くぱりぱりとして、真ん中は思いのほか厚みがあり、ふっくらとやわらかかった。黄身をくずすと、ガレットが吸い込んでいく。少しくせのあるモッツァレラチーズとハムの塩気がよく合った。生野菜のぱりっとした食感も心地よい。

不思議な食べ物だった。

洗練されているようで、どこか土の匂いのするひなびた感じがある。

たとえて言えば、片方の手で遠ざけながら、もう片方の手で引き寄せるような感じ。単純そうで奥が深い。温かくて冷たい、甘くてしょっぱい。二つの異なるものが並び立っている。

なるほど。これがブルターニュの料理か。

多鶴さんの顔が浮かんだ。そこに、ゴーギャンの少女の顔が重なった。

ぐいと強い力で引き寄せられた気がした。

詩葉は次の日の昼も、ポルトボヌールに行き、今度はクレープを頼んだ。詩葉は一番シンプルな砂糖をかけただけのものを選んだ。やわらかく、ふっくらとして卵と牛乳の甘い香りが鼻をくすぐった。どこまでもやさしい味がした。金曜日の昼で、カウンター席までお客が入っていた。多鶴さんはクレープを焼きながら、水を運び、注文を取る。大忙しだ。

だからずいぶん待たされたけれど、クレープは絶品だった。クレープはふんわりとやわらかく甘く、卵の香りがした。温かいクレープに冷たいいちごとそのソース、バニラアイスクリームがのっている。仕上げは、ほんのひとかけらの塩。その塩が「ズン」と響いた。

詩葉は魅了された。

何に？　ガレットに？　多鶴さんに、あるいはブルターニュに？

自分でも分からない。ただ、気がつくと次の日もポルトボヌールに向かっていた。

その日はヌテラのクレープを食べた。ヌテラは、ヘーゼルナッツペーストにココアパウダーなどを加えたスプレッドだ。クレープの中心にヌテラがたっぷりと入っている。ヌテラの甘く、ちょっとやんちゃな味はクレープによく合った。

ああ、これは人をダメにするおいしさだ。

とろけそうな甘さに溺《おぼ》れながら、ふと、カロリーのことが頭をよぎる。

それについては、後で考えることにした。

その次の日は日曜日で、昼の営業が始まる少し前に、詩葉はまたポルトボヌールに行った。

「あなた、ここのところ毎日来ているけど、大丈夫？　ガレットもクレープもカロリー高いから太るわよ」

多鶴さんは言った。

開店前だったので多鶴さんは細身の黒のサブリナパンツに黒のタートルで、色とりどりのビーズのネックレスをしていた。

多鶴さんのほうが背が高いので、詩葉が見上げる形になった。やせて骨ばって、力のありそうな、それでいて、しなやかな体つきだ。

「あの、今日は……そうじゃなくて。……あの、この店で雇ってくれませんか。働きたいんです、ここで。人を募集していましたよね。トイレに求人の貼り紙が出ていました。学生時代にウェイトレスのアルバイトをしたぐらいだから、ブランクがありますけれど……皿洗いでもなんでもやりますから」

詩葉は一気にしゃべった。

自分でも幼稚な話し方だと思った。大人ならもっと理路整然と話さなくてはいけないのだ。多鶴さんは困ったように、赤い髪をもしゃもしゃといじった。

「でも、あなた、どっちかというと人とつきあうのは苦手でしょう。そういうの分かるのよ。客商売はどうかなぁ。それに、ほら、ここは今、私ひとりでやっているでしょ。うまくやっていけそう？　気が合わない人と四六時中顔を合わせているのは辛《つら》いわよ」

合わせます、と言いかけてやめた。それは多分、多鶴さんの求める答えではない。詩葉の本心でもない。なんと返そうかと迷っていたら多鶴さんが言った。

「いいわ。じゃあ、三時過ぎに休憩に入るから、そのころまた来て。履歴書もお願いね」

詩葉は文房具店で履歴書用紙を買い、スーパーの脇でスピード写真を撮り、カフェで書き込んで持っていった。

多鶴さんは履歴書をじっとながめた。

「出身は長野で、大学卒業後は警備会社。そのあとは契約社員。この間までは派遣ね。住まいは……、あら、ほんとにこの近くじゃない。ご家族といっしょ?」

「ひとり暮らしです。学生時代からずっと住んでいます。このあたりが好きなんです。それに、私も自分の人生の扉を開けてみたいんです。ここで働かせてください」

詩葉は体を直角に折った。

「人生の扉ねぇ。あんまり期待されても困るけど。まぁ、とりあえず来てみて。いつから来られる?」

こんなふうに詩葉はポルトボヌールで働きはじめた。

第一話

晴絵さんの
甘い粉砂糖の
クレープ

1

ポルトボヌールで働きはじめてひと月が過ぎた。

夕方六時になると、常連さんのひとり、道草《みちくさ》さんがやって来た。道草さんは道草不動産の二代目社長である。細い路地に突然の階段、一方通行に行き止まりと、複雑怪奇な谷根千の地形を知り尽くしている人である。もっとも仕事のほうは専務である息子さんが中心で、現在の道草さんは「楽隠居」に近い。

「今日はなにがあるのかな」

いそいそとカウンターに座ると、詩葉にたずねた。

「いわしのマリネ、はまぐりのグリーンソース、アボカドとグリュイエールチーズのサラダ……」

詩葉は脇の黒板の文字を読み上げる。

「いわしのマリネもいいけどさぁ、グリルはできないかい？」

道草さんは首をのばして厨房の多鶴さんにたずねた。

「できるわよ。にんにくソースでいい？」

「ああ、それ、それ。うれしいねぇ」

細い目がさらに細くなる。

「ちょいと蒸すから、最初は泡かな」

そう言って詩葉を見る。

「少しは仕事に慣れた？」

「はい」

詩葉は言葉少なに答える。

「道草さん、来るたびにこの子に聞くわねぇ」

多鶴さんが言った。

「だってさぁ。なんか、居心地悪そうにしているから気になっちゃうんだよ。大丈夫だよ。多鶴さんは、赤鬼みたいな髪しているけどおっかなくないからね」

「あ、はい」

もう少し上手に返せたらいいのにと、詩葉は思う。思うけれども言葉にならない。

「そうか、分かってくれたか。じゃ、ビールね。小瓶を」

自分でグラスに注ぐと一気に飲んで、ふうっと息を吐いた。

それから、道草さんは多鶴さんを相手に町の噂をあれこれとしゃべった。夕やけだんだんのあたりに観光客が戻ってきたとか、どこそこに新しいマンションを建てている、お茶屋がベーグルカフェに変わったなど、道草さんのおかげでいながらにして谷根千および日暮里《にっぽり》界隈《かいわい》の事情が分かる。

「変わっちまうねぇ」

「そうねぇ」

「まぁ、変わるのは悪いことじゃないけどさ。成長しないとね」

「なにが、成長ですって？」

そう言って隣に座ったのは、同じく常連のひとり白井《しらい》さんだ。

坂の上の藪坂《やぶさか》クリニックに勤める看護師で白髪まじりの髪を後ろでひとつにまとめ、銀縁の眼鏡をかけている。背が高く、骨太で、お腹まわりもたっぷりとある。厳しくやさしく頼れる看護師さんである。

「さぁ、今日はなににしようかな」

うれしそうな顔でメニューを読み、黒板をながめる。

「ねぇ、このシードルってなんだったっけ」

「それ、聞きます？　もう、ベテランなのに」

多鶴さんが呆《あき》れたような声をあげた。

「シードルはりんごのお酒。ブルターニュはりんごの名産地なんですよ。ドライのシードルはアルコールは五パーセント。すっきりした辛口でちょっと樽香《たるこう》がある。オーガニックのほうは軽くて発泡性」

「じゃあ、オーガニックを飲んでみようかな」

「最初の一杯におすすめです。ガレットにも合いますよ」

カフェオレボウルのような大ぶりのカップに注ぐ。これがブルターニュスタイルなのだそうだ。

金色の液体に小さな泡が浮かんではじけた。

「あら、りんごの香りがする。案外、いけるじゃない」

――お気に召してよかったです。

そう言いたそうな顔で多鶴さんはいわしを焼きはじめた。

油ののった生きのいいいわしである。背は青くぴかぴかと光り、身はほんのり紅をさしたよう。にんにくの風味をつけた油をかけながら焼くと、ジュージューと軽やかな音とともに香りが広がった。

この香りだけで酒が進む。

待ちどおしい気持ちも、ごちそうのうちだ。

「それにしても、うちのセンセイは本当にこまっちゃうのよ」

白井さんは語りだした。センセイとは、藪坂クリニックの院長、藪坂徹《とおる》先生のことだ。パソコンの画面ばかりながめている今どきの若い医者と違って、ちゃんと患者を見てくれる。「隠れていた病気を見つけてくれた」と感謝する人は多いが、性格に少々難があるというのが、もっぱらの評判だ。自分に厳しく、他人にも厳しい。

「今日もね、患者さんに言ったの。『膝が痛いのは体重が多いからですよ。その身長で七十キロはあきらかに太りすぎです』。大きな声だから、廊下まで響いてね。その人は、泣きそうな顔で怒ったの。『もう、恥ずかしくてここには来られません』って。あの人は糖尿病やら高血圧やら、あちこち悪いから続けて来てもらわないと困るの」

「だって事実だろ」

道草さんはうれしそうに笑う。

「そういうことは、言っちゃいけないの。女性の体重はトップシークレットなのよ。いくつになっても」

「大丈夫よ。ヤブ先生は名医だもの。患者さんも分かっているから、また機嫌を直して通ってくるから」

多鶴さんがなぐさめ、道草さんの前にいわしのグリルがおかれた。

ぎりぎりまで火を入れるのが多鶴さんのやり方で、パリッと香ばしく焼かれ、焦げてめくれた皮から脂ののったやわらかな身がのぞいている。付け合わせは、じゃがいものフリットとかぶのピュレ、グリーンカール。さらに、焼きたてのガレットがつく。

「あら、おいしそう」

「黒板にはないよ。特注だ」

道草さんは得意そうな顔でレモンをしぼる。

「ねぇ、多鶴さん、あたしも同じのがほしいわ。かかっているのは、しょうゆじゃないわよね」

「うちは居酒屋じゃないですからね。ちょっと気取ってバルサミコソース」

多鶴さんが答えた。

いわしをグリルにのせ、同時に黒いクレープパンを温める。皿を用意して付け合わせを盛る。そうこうするうちにクレープパンが温まるので、豚の脂を敷いてガレット生地をレードルで流して薄くのばす。そうしながらも、ちらちらといわしに目をやり、塩をふる。やがてガレットのまわりにチリチリというかすかな音とともに小さな気泡ができる。いわしにも火が入る。ガレット生地にスパチュラを差し込んでくるりとひっくり返すと、いわしを皿に移し、ガレットは三角に折って添える。

「おお、さすがに手早いな」

道草さんが目を輝かせる。二人がカウンターに座るのは、多鶴さんのこの手際を見たいからでもある。もともとは和食党で、「ガレットってのは西洋のもんじゃ焼きだな」などと言って多鶴さんに困った顔をされていた道草さんだったが、今はすっかりガレットと多鶴さんのファンである。

「今日のいわしは特別にうまい」

「ああ、一日の苦労が報われる」

二人はうなずき合う。

それから、道草さんと白井さんはしばらく食べること、飲むことに熱中した。

カップルが来てテーブル席につき、注文が入る。

さらに、常連さんの大川さんがやって来て道草さんの隣に座る。持病があるらしく、いつも白いマスクをかけ、食前に薬を飲むのを忘れない。元商社マンか。近くのマンションにひとりで暮らしている。七十代と見えるが、肩幅が広く、腕も首も太い。若いころは、なにかスポーツに熱中していたのではなかろうか。たとえばラグビーとか。道草さんとゴルフの話で盛り上がった。

詩葉はオーダーをとったり、皿を運んだりで忙しい。

まだまだぎこちないとはいえ、詩葉が入ってから多鶴さんは調理に専念できる。それまでは調理しつつ、オーダーをとり、テーブルを片づけていた。まさに神業である。

十一時過ぎ、アパートに帰ると、母から電話がかかってきた。

「あんた、今度、いつ帰ってくるの？」

いつものひと言だ。

「うん、夏休みかなぁ。仕事はじめたばっかりだし」

「仕事ってアルバイトでしょ」

「今はね。でも、三か月過ぎたら社員にしてくれるっていう約束だから」

「そこ、クレープ屋さんなんでしょ、個人の」

「お母さんの思っているような店じゃないわよ。もっとちゃんとしたレストラン」

「屋台じゃないのね」

「だからぁ、そういうのじゃないんだってば」

母の頭にあるのは駅前や遊園地に出店しているクレープ屋さんだ。

「やっぱり、先生になればよかったのに。せっかく教職もとったんだから」

愚痴っぽい言い方になった。

母は中学の英語教師だったが、子供のころの詩葉は体が弱く、しょっちゅう保育園から呼び出されて教師をあきらめた。教壇に立っていたのは五年弱なのに、当時の教え子とはいまだに交流がある。

「先生っていうのはいい仕事なのよ。女の人にはとくにねぇ」

「おねぇちゃんには勧めなかったのに、なんで、私ばっかりにそういうこと言うのよ」

「沙織は心配ないもの。あんたは昔っから要領も悪いし、愛嬌《あいきょう》もないし、第一、モテなかったでしょ」

どうして母親というのは、娘にこうも言いにくいことをはっきり言うのだろう。

美人の姉は大学卒業後上場企業に就職し、社内恋愛で結婚し、今は神戸にいる。子供も生まれ、夫婦で働いてマンションも買った。一方、詩葉は母の心配が的中し、三十五になってもふらふらしている。

スマホの向こうからため息が聞こえた。ため息をつきたいのはこっちだ。

「そうだ、この前、スーパーで清美《きよみ》ちゃんに会った。あの子は男の子二人のお母さんなんだね」

母は話題を変えてきた。清美は高校時代の友人である。地元の短大を卒業して結婚した。

「今度、同窓会があるんだって？　清美ちゃんが会いたいって言っていたよ」

目も鼻もちまちまと小さい京人形のような清美の白い顔が浮かんだ。髪の毛が茶色くウェーブがかかっているので、染めているのではないかと体育教師に強く注意されて以来、学校が苦手になった。人づきあいの苦手な詩葉の数少ない仲良しで、図書委員をいっしょにした。放課後、毎日、図書室で過ごしたのに、いつのころからか連絡をとらなくなっている。

会いたい気持ちと億劫《おっくう》な気持ちが半ばした。

「お休みもらえるんでしょ。帰ってきなさいよ。お父さんもあんたの顔を見たがっているから」

「うん、まぁ」

「相変わらずはっきりしない子ねぇ。缶詰とか送ろうか？」

「そういうのは、いいから」

通話は切れた。

カーテンを開けると、大家の家の暗い庭が見えた。白い花が咲いていた。窓を少し開けると、夜の冷たい空気が流れてきた。今、自分は、あのブルターニュの少女のような顔をしているなと思った。

2

翌日、予約の六時ぴったりに藪坂クリニックの四人がそろってやって来た。

白井さんが働いている藪坂クリニックでは、半年に一度、スタッフの親睦のための食事会がある。藪坂先生と看護師の白井さんと小川《おがわ》さん、パートで医療事務と受付を担当する向山晴絵《むこやまはるえ》さんの四人だ。

「今日はよろしくお願いしますね。白井君が太鼓判を押しました」

藪坂先生が多鶴さんに挨拶をし、多鶴さんがテーブルに案内をする。

「先生はガレットを召し上がったことがありますか」

「以前、フランスの学会に行ったときに食べました。そば粉が入っていると言われました。しかし、どうだろうなぁ。私はやっぱり日本のそばのほうが好きだ」

率直すぎる意見に多鶴さんは思わず苦笑いになる。

「本日は、オードブルは生ハムといちじく、グリーンサラダをご用意いたしました。ガレットとクレープはお好きなものを選んでください。お口に合うとうれしいのですが」

藪坂先生はキッカファルスという煮込み料理を選ぶ。豚肩肉と牛すね肉、にんじんやじゃがいもなど野菜がたっぷり入っている。ファルスはそば粉に卵とレーズンを加えて練った洋風だんごである。

「なるほど、そばがきがついているんだね」

藪坂先生は飲み込みが早い。

白井さんと小川さん、晴絵さんはアボカドや帆立やソーセージのガレットを選ぶ。

「デザートはなににしようかな」

小川さんが明るい声をあげた。白井さんと晴絵さんが藪坂先生をちらりと見る。

「どうぞ、お好きなものを。たまになら甘いものを食べてもいいのではないですか。私はデザートは結構です」

藪坂先生は健康は日々の暮らしからというのが信条で、常日頃から食事には気を遣っている。事実、お腹も出ておらず、すっきりとした体形である。一方、白井さんは骨太の堂々とした体つきだ。さらに小川さんはどちらかというと、かなり「ぽっちゃり」、晴絵さんはどちらかといえば「ほっそり」である。

「じゃあ、今日は特別ということで」

白井さん、小川さん、晴絵さんは「デザートは別腹」とばかりに、アイスクリームを添えたいちごのクレープをオーダーした。

藪坂先生のキッカファルスは温かい湯気をあげていた。牛と豚の肩肉をセロリやにんじんなどとともにじっくりと煮込んでいる。肉はほろりと口の中でほぐれるほどやわらかく、野菜も味わい深い。しかし、この料理の一番の愉《たの》しみは肉と野菜のうまみを含んだファルスだ。いったん煮てから、バターで焼いて仕上げている。そのまま香ばしさを味わってもよし、煮物に加えてひたひたと汁を含ませてもよい。

藪坂先生はまずにんじんを食べ、それから牛肉に進み、スープを飲み、ファルスを食べて「おや？」という顔になった。それから、今度は豚肉に進み、かぶを食べ、ファルスをスープにつけた。こくのあるスープがファルスに浸みていく。

一口食べて、ふうっと、大きなため息をついた。

「なるほど。こうやって食べるのかぁ」

とろけそうな顔になった。

「ああ、これはおいしい。うん、これならそばも生きている。なるほどね、こういう味わいもあるのか」

幸せそうな顔で食べ進んでいた。

もちろん白井さんや小川さん、晴絵さんもそれぞれのガレットを愉しんでいる。

アボカドはよく熟した食べごろで、新鮮な大粒帆立は薄紅色に輝き、唐辛子《とうがらし》をきかせたソーセージはパンチのある味だ。

「帆立が甘いわぁ。潮の香りがちょっとするところがいいのよね」

「アボカドはいつも固いか、熟しすぎなんだけど、どうやったら見分けられるのかしら」

「多鶴さんは酒好きよね。それでなきゃ、こんなにお酒がすすむ料理をつくれるはずがない」

おのおの感想を言い合って、いつしか晴絵さんの家の話になる。

晴絵さんの義実家は西日暮里にある向山製作所という町工場で、義父、義母、夫の高史《たかし》さんがいっしょに働いている。高史さんと晴絵さんには保育園に通っている四歳と三歳の男の子がいる。かわいい盛りである。

「ご主人がまた、すてきな人でね。家事が得意なんです」

小川さんが言う。

「ほうほう、今時《いまどき》の方はそうらしいですねぇ」

「お姑《かあ》さんが立派な人で、自分のことは自分でするようにと、小さいときから家事を教えたそうなんですよ」

白井さんが続ける。

「じゃあ、料理なんかもやってくれるんですか」

「あるもので、ぱぱっと炒め物なんかをつくってくれるんです。子供たちも私よりお父さんのほうが上手だなんて言うんですよ」

晴絵さんは笑う。

「おまけに育メンだしね。食器洗いに、お子さんたちとお風呂にも入るんでしょ」

白井さんの言葉に晴絵さんはうなずく。白井さんや藪坂先生の考える「育メン」とは、食器を洗ったり、洗濯物をたたむ程度のことで、子供を風呂に入れるとなれば、もう「大育メン」である。

「それは素晴らしい。そんないいご亭主やご家族がいらっしゃるなら、うちなんかで働かないで向山製作所の仕事をしたほうがいいんじゃないですか。いずれご主人が社長になるんでしょ。あなたも、仕事を覚えたほうがいい」

藪坂先生が言った。

「センセイ、晴絵さんはお嫁さんなんですよ。お舅《とう》さん、お姑《かあ》さん、古株の社員さんがいる。そこに、お嫁さんである晴絵さんがぽっと入る。やって当たり前。できて当たり前なんです」

「しかも、自宅は製作所の裏手の二世帯住宅。気が休まるときがないですよ」

分かってないのねぇというように小川さん、白井さんが言う。

「そういうもんですかねぇ」

藪坂先生は納得がいかない様子だ。

向山製作所は舅《しゅうと》の父親が創業し、妻とともに二人三脚で大きくした会社だ。その息子である舅も人一倍仕事熱心な人だが、姑《しゅうとめ》は輪をかけて働き者だ。経理はもちろん電話をとり、客の相手をし、役所に行き、従業員たちに茶をいれ、ときには昼ご飯を用意し、その一方で完璧に家事をこなしながら高史を頭《かしら》に三人の子供を育てた。七十歳に手が届く現在も五時起きで洗濯をすませてから近所の公園でラジオ体操。戻って朝ご飯の支度と掃除をして製作所の仕事に就く。

それが当然と思っている。

「なにをやっても私はかなわないんです」

晴絵さんは小さなため息をついた。

「そんなことを言わずに、あなたもなにか勉強すればいいじゃないですか。コンピュータでも語学でも。あなたに向くものがきっとありますよ」

藪坂先生は当然という顔で言った。

「今からですか?」

「もちろん。勉強に遅すぎるということはない。何歳になっても人は変われる。前から思っていたんですよ。向山さんは仕事もていねいだし、きちんとしている。理解力もある。もっと上を目指したほうがいい」

隣で小川さんが「おっとっと」という顔になった。

「センセイ、晴絵さんは小さいお子さんがいるんですよ。四歳と三歳の子育てをして、家事をして、そのうえ、勉強なんてとても無理ですよ」

「そうですかぁ……。でもね、学ぶのは楽しいことですよ。学ぶことによって視野が広がる、今まで見えてなかったものが見える。景色が変われば、周囲の人のあなたを見る目も変わる。自信がつく。『なにをやってもかなわない』なんて思わなくなりますよ」

藪坂先生は理路整然と説く。

「はぁ……」

「できない理由をあげていたら、いつまで経ってもできるときは来ませんよ」

厳しいひと言だ。

「まぁ、センセイがおっしゃるのは理想だから。ご自分のできる範囲でいいのよ。無理しないでね」

小川さんが助け舟を出す。

「そう、そう。マイペースが一番」

白井さんもなぐさめた。

夜更け、アパートに帰った詩葉はパソコンを立ち上げた。

このごろのお気に入りは〈追憶の地　ブルターニュ〉というブログだ。ガレットやクレープについて、あれこれネットで検索をかけているうちに、そのブログに行き着いた。

〈ブルターニュ地方はフランス北西部、
大西洋に突き出た半島を中心とした地域だ。
『最果ての地』を意味するフィニステール（Finistère）の名をもつ。
険しい断崖の先は青く冷たく澄んだ海。
内陸は平原と深い森が広がり、
そこに暮らす人々は慎ましく、深い信仰をもっている。
イギリスから渡ってきたケルト文化が色濃く残る地域でもある〉

詩葉はパソコンの画面の文字を追った。

〈七月の日曜、あるいは八月に
カトリックに由来する巡礼『パルドン祭り』が開催される。
人々はそれぞれの民族衣装を身に着け、
ブルトン語（ブルターニュ独自の言葉）で
聖歌を歌いながら練り歩く。

パルドンというのは「失敬」とか「すみません」ぐらいの意味で、たとえば人の前を横切るときなどに言う。

パルドン祭りは日々、知らずに重ねてしまった罪の赦《ゆる》しを請うものだ。

パルドンだから、大きな罪まではお願いできない。

拾った硬貨をネコババしてしまう程度の、あくまでごくささやかな罪である〉

十字架や聖人の像、旗を手にした人々の行列の写真が添えられている。女性たちの多くはレースのついた白い帽子をかぶり、たっぷりとしたスカートにエプロンをつけていた。その服装は、ゴーギャンの描いた少女を思い出させた。

ブログの作者は、ブルターニュ各地を歩いた人らしい。不定期に写真とともに、ブルターニュについての紹介を書いている。

一番最近のものは、紀元前の巨石遺構についてだ。

〈ブルターニュには三千近くもの巨石遺構が残されている。

とくに有名なのがカルナック列石で、
紀元前五千年から三千年にかけて、
牧畜や農耕をしながら生活していた人たちによってつくられたといわれている。
モアイ像（見たことはないが）ほど大きくないが、
石だからとてもひとりでは運べない。しかも、数がとんでもなく多い。
古代人のエネルギーというのはとてつもなく強いと感心する〉

緑の草原に五十センチから最大六メートルもあるという石が列をつくってどこまでも整然と並び、その石の脇でのんびり羊が草を食《は》んでいる写真が添えられていた。

夕方、晴絵さんがひとりでやって来てカウンターに座った。手にはパンフレットをたくさん持っている。


「お茶だけですみません。これから保育園に子供たちを迎えに行かなくちゃいけないので」

「かまいませんよ。楽しんでいってください」

多鶴さんが言った。晴絵さんはハーブティーを選び、パンフレットを開いてながめはじめた。

表紙には〝ウェブデザイン入門コース〟という文字が躍っている。

「勉強をはじめるんですか」

多鶴さんがたずねた。

「そう思って上野のビジネススクールに行ってパンフレットをもらってきたんですけどねぇ……」

晴絵さんはため息をついた。

野の花が描かれたブラウスがよく似合っていた。

「このまえ、藪坂先生に勉強したほうがいいって言われたことが、心に残っていて」

——できない理由をあげていたら、いつまで経ってもできるときは来ませんよ。

「まったく、そのとおりですよね。私って案外、器用なほうなんです。物覚えも悪くないし……。ウェブデザインのコースを受講すると、自分でウェブサイトがつくれるようになるんだそうです。画像をとりこんで音声もいれて……」

「楽しそうですね」

「そうなんですよ。やっぱり、パートの仕事って時間を切り売りしているみたいなところがあるのかなぁって。専門的な知識や技術を求められない代わりに、長く働いてもキャリアになるわけじゃない。お金の面でもね。あ、藪坂クリニックのパート代はわるくないですよ。先生はああいう方だから。でも、看護師の白井さんや小川さんとくらべると、きっとすごく少ないんです」

「だけど、今はお子さんも小さいのだから、そんなに仕事に一生懸命にならなくてもいいんじゃないですか」

多鶴さんが晴絵さんの気持ちをくんで、やんわりと言う。

「そうなんですよ。今は子供たちと向き合っていたいと思うんです。『お母さん』って言いながら走ってきて、ぎゅうっと抱きついてくれるのは今だけ。その時間を大切にしたいんです」

晴絵さんの目が三日月になった。笑うとふっくらとした頬にえくぼができる。

ガラスポットの中でフレッシュなレモンバームとミントとカモミールの葉が揺れて、さわやかな香りをたてていた。

「いい香り。レモンバームやカモミールにはリラックス効果があるんですよね」

「よくご存じで」

「大好きなんです。私、ベランダでハーブを育てていたこともあるんですよ。でも、今は、それどころじゃありません。それに、高史さんはハーブ焼きじゃなくて、がっつり系。焼肉のたれでからめるようなのがいいんです」

カップに注ぎ、はちみつを加える。一口飲んで、晴絵さんはほっと息を吐いた。

「母は専業主婦だったんです。父は毎日七時に帰ってくるようなサラリーマンで、姉と私の姉妹。母は私たちの洋服を縫ってくれて、おやつも手作り。だから、私ものんびりしているのかなぁ」

「じゃあ、向山製作所さんにお嫁に来てから驚いたんじゃないですか？」

「そうです。サラリーマンの家と町工場の暮らしは、こうも違うものかと。向山製作所では全員がひとつのチーム、同じ船に乗っているんですよ。助け合い、協力し合う。子供たちも、自分のできることは自分でしなさいってお姑《かあ》さんに言われるんですって」

「なるほど。……ひょっとして藪坂先生はあなたに、向山製作所のチームに加わることを勧めているんじゃないのかしら。クリニックのパートじゃなくて」

「そうなのかなぁ。……でもね、私がちょこっと、パソコンの勉強しようかしらって高史さんに言ったら、なんだかうれしそうになって。しかも、それがすぐお姑さんに伝わったの。そういう人がいてくれると、ありがたいなんて言われて。でもそれはちょっと困るかなって」

「息苦しいかしらねぇ」

「そうでしょう。……だって、もう、そうなったら、私は完全に向山製作所の人になってしまうじゃないですか。ただでさえ二世帯住宅なのに、朝起きてから夜寝るまでいっしょにいることになるんですよ」

晴絵さんは中空を見つめた。

「私、家族って自分たちでつくっていくものだと思っていたんです。結婚したら二人で相談してルールを決めて、家具を買い、休みの日はなにをするか話し合う。でも、向山製作所にはがっちりとできあがったものがすでにあるんです。……たとえば、くつ下の洗濯ですけれどね。向山家では裏返して洗濯機に入れて、ゴムを上にして干すことになっているんです」

裏返したほうが汚れが落ちるし、ゴムを上にしたほうがゴムが傷まない。

「理にかなっているんです。お姑さんがそういうふうに高史さんに教え、高史さんもそのやり方を守っている。私が違うやり方で干すと『どうして？』って聞かれる。そういうことが、もう、いっぱいある。それが息苦しいんです」

「それはなかなか大変ですよねぇ」

「だけど、そのことは高史さんには言えない。お舅《とう》さん、お姑さんのことを批判することになりかねない。親のことを悪く言われてうれしい人はいないもの」

「辛いところね」

「そうです。でも、よかった。ここでお話しできて。分かってもらえたから」

晴絵さんに笑顔が戻った。


何日かした夜、白井さんは帰りがけに言った。

「今度の火曜日の昼、うちのクリニックの女子会をするので予約をお願いしますね。三名で二時から」

「承《うけたまわ》りました。女子会、楽しそうですね」

「まあねぇ。じつは、晴絵さんがクリニックを辞めるのよ。予定より早くご主人が社長に就任することになったんですって、だから晴絵さんも正式に向山製作所の社員として働くことになったの」

「あらぁ、それはおめでとうございます」

多鶴さんは思わず含みのある言い方になった。白井さんも阿吽《あうん》の呼吸で答える。

「まぁ、ご主人にとっては、めでたいことよね。いずれは、そうなることになっていたんだから、早いほうがいいんじゃないのかしら。晴絵さん本人は万々歳ってわけにはいかないみたいだけど」

そして、その日、白井さん、小川さん、晴絵さんが次々やって来て、窓辺のテーブルに座った。

「あたし、今日はソーセージのガレット、クレープはバナナとチョコレートにしようかな。アイスののっているやつ」

メニューをながめた白井さんが早々に決める。

「私は……、迷うなぁ。生ハムも魅力的だし、かつおのたたきのガレットにも興味があるのよね。クレープはいちごもいいし、グレープフルーツとミントも捨てがたい」

小川さんはメニューを見たり、横の黒板をながめたり忙しい。

「ねぇ、そうしたらクレープなんだけど、それぞれ好きなものを頼んで、それで、みんなで分けない？」

白井さんが提案した。

多鶴さんがやって来て、毅然《きぜん》とした調子で伝えた。

「ガレットもクレープも、その人のために焼くものなんです。うちはシェアはお断りしています。

取り皿も出しません」

「ええ、どうしてぇ。いいじゃないの」

小川さんが甘えた声をあげる。

「そういうものなんですよ。日本人はすぐになんでもシェアをしたがるけれど、フランス人はしませんね。自分は自分、他人《ひと》は他人。それぞれ食べたいものを注文するんです。だから、うちもそういうことにしているんです」

そこは多鶴さんの譲れない一点なのだ。

「分かったわ」

白井さんは渋々受け入れる。

ずっと黙っていた晴絵さんがメニューから顔をあげた。

「じゃあ、私は、カリフラワーとツナとくるみのサラダと、鶏《とり》とかぼちゃのグラタンと、いちごの赤ワインソースのクレープを」

「晴絵さんは自制心があるわね。だから、細いのかしら」

小川さんが晴絵さんのウエストのあたりをながめてつぶやいた。

「どこがですかぁ。私、結婚してから五キロも太ったんですよ。絶対、ストレスです」

晴絵さんが頬をふくらませた。

料理が運ばれてくる間に、おしゃべりがはじまった。

「で、どういうふうに事業継承が決まったわけ」

白井さんが口火をきる。

「ですから、先々週の土曜日、お舅《とう》さんが突然、家族会議を開くって言いだしたんです」

家族というのは晴絵さんを含め、舅、姑、夫の高史、食品会社に勤めて実家を出て暮らしている二人の義弟、保男《やすお》、義雄《よしお》の六人である。

舅は言った。

保男の結婚が決まった。あとあと問題が起こらないように、ここで向山製作所のこれからをはっきりさせておきたい。

向山製作所は小さな町工場だが土地家屋がある。兄弟には同等の権利があるが、分割したら工場が存続できなくなる。だから工場を継ぐ高史に財産のほとんどを譲りたい。高史を社長に据え、自分は会長となることとした。家を出た保男と義雄は不公平に感じるかもしれないが、納得してもらいたい。

それで必然的に、晴絵さんも向山製作所の三代目の妻として高史さんを支えてくれるよう、頭を下げられてしまった。

「お姑《かあ》さんは私の手を握って『これからも高史を支えてくださいね』って涙声で言うんです。お舅さんも、これからは古いホームページを刷新して広報役として戦力になってほしいなんて言いだして」

「あらぁ、藪蛇《やぶへび》ねぇ。そんなつもりで勉強するんじゃないんでしょ」

小川さんの言葉に晴絵さんがうなずく。

「ウェブデザインのパンフレットを見ていただけで、まだ、実際には動いていないんですよ。そもそもお舅さんは元気だから高史さんが社長になるのはずっと先だと思っていたし、私はまだまだクリニックで働かせてもらおうと思っていたんです。高史さんも驚いているんです」

詩葉は焼きあがったガレットを運んだ。香ばしく焼けたソーセージは汗をかいている。脂ののったいわしには生クリームとレモンが添えられている。みずみずしいサラダ菜と白いカリフラワーが目に鮮やかだ。

しばらく三人は食べることに熱中した。

「でもまぁ、相続でもめるなんてことをよく聞くから、その点、向山製作所は先手を打ったのね。ご兄弟もよく納得したわ」

「長男の高史に向山製作所のすべてを譲ると、お舅さんは前から言っていましたから」

「それにしてもよ。立派だわ」

「……はい。それはそうなのかもしれませんね」

晴絵さんがうなずく。でも、その立派さが重荷なのだ。

「ともかく、私はまだ、全然、心の準備ができていないんですよ。来月からはお姑さんから帳簿のつけ方やそのほかのことを習うんです。お舅さんの宣言のあと、お姑さんに名刺のファイルを見せてもらいました。名刺の裏には誕生日や家族構成やいろいろなことが書いてありました。お姑さんはそういうことを頭に入れて、取引先の人と話をしていたんですね。子供や孫の名前を憶《おぼ》えてもらっていると知ったら、やっぱりうれしいでしょ」

「晴絵さんも、患者さんの名前をちゃんと憶えているじゃないの」

「お姑さんのメモは私の十倍くらい細かいんです。向こうは本物のプロ。私はアマチュアですよ」

「年季が違うからよ。それだけ」

白井さんがなぐさめる。

詩葉はクレープを運んでいった。バターと卵、砂糖の甘い香り。真っ赤ないちご、バナナにかかったチョコレート、淡い黄色のグレープフルーツ、さらにアイスクリーム。皿の上はステージで、ライトを浴びて輝いている。

「ああ、おいしそう。うれしいわ」

三人は目を細める。晴絵さんも笑顔である。

「ちょっと、食べる？」

「もちろんよ。ね、お皿ごと取りかえっこするんだったら、いいんじゃない？」

「ああ、名案」

三人の皿は手から手へと回っていく。カウンターの向こうで、多鶴さんが呆れた顔で見ている。

「やっぱり、甘いものはいいわねぇ。幸せだわ」

「甘いものを食べると、脳内麻薬が出るのよ。今はカロリーのことは考えないことにしよう」

「ああ、さすがにお腹いっぱい。このあと昼寝ができたら最高だわ」

「いいですねぇ。うらやましい。私はまだこれから、子供のお迎えとか、いろいろありますから」

「ああ、そうだったわねぇ。ごめん、ごめん」

三人は楽しそうに帰っていった。


夜遅く、清美から電話があった。

「ごめんねー。今、大丈夫？　この電話番号、詩葉のお母さんから教えてもらったんよ。ナカちゃんから同窓会の返事がまだ来ていないって言われたけど、出席できるんでしょ」

「うーん。まだ、分かんない」

「英語の高柳《たかやなぎ》先生が今年定年なんだよ。北海道に帰るから、もう、会えなくなる。せっかくだから、おいでよ。みんなも詩葉に会いたがってるよ」

清美の言葉は訛《なま》りがあった。

「行きたい気持ちもあるんだけどさ」

「仕事が忙しい？　休みがとれないの？」

「平日だから、一日くらいは休めるんだけど」

「じゃあ、来ればいいじゃない」

「うん……」

我ながら煮え切らない返事を繰り返している。

「変わんないね、詩葉は。高校の図書室にいたころのまんまだ。あーでもない、こーでもないって、いろいろ考えてさ、結局億劫《おっくう》になっちゃうんだよね」

清美はやさしい声を出した。

詩葉は中学時代からラジオの英語講座を聞いて、ネイティブの発音を真似《まね》ていた。高校に入っても英語の時間には耳で覚えた発音で教科書を読むようにしていた。

それが気取っていると陰口をきかれた。あれは自己流だから、実際には通じないのだと言う人もいた。

詩葉が唯一好きで得意なのは英語だったのに、そのことを否定されて教室にいづらくなった。

図書委員の顧問が英語の高柳先生だったので、詩葉は図書委員になった。放課後を図書室で過ごした。図書委員は各クラス一人の選出で、清美は隣のクラスだった。清美も、毎日のように図書室に来た。髪の毛が茶色くウェーブがかかっていることを教師にとがめられて、傷ついたのだ。

学年があがり、クラス替えが行われても状況はあまり変わらなかった。普段はそれでもかまわない。だが文化祭の分担、体育祭や修学旅行のグループ分けのときには困惑した。詩葉はいつも人数合わせでどこかのグループに入れてもらった。

そんな詩葉たちを、英語の高柳先生は気にかけてくれた。

白いブラウスがよく似合う高柳先生は、詩葉に英語の本を勧めてくれた。

——元のお話を知っているものがいいわ。分からない単語が出てきても気にしないで、どんどん読むのよ。

『赤毛のアン』や『あしながおじさん』や『若草物語』を読んだ。物語の中のアンやジュディやジョーは、女の人には生きにくい時代だったろうに生き生きとしていた。フレンドリーで自分の意見をはっきりと言った。将来の夢をもっていた。

その姿に憧れて、自分もそうなりたいと思った。

英語が好きになって、英語を使う仕事に就きたいと思った。

同時に詩葉は気づいた。かつて英語教師であった母は沙織や詩葉に自分の意見をもった存在であってほしいと思う一方で、和を大切にする協調性のある女の子でいることを望んでいた。

——女の子は気配りが大事。上の人の言うことをよく聞いて、みんなにかわいがられなくちゃだめ。

姉の沙織は母の言葉に従うように見せながら、ここぞというときには自分の意見を通した。周囲の人々は自分の味方だという自信があったのだろう。けれど、詩葉はそれができなかった。協調性という言葉の陰に隠れて、いつも流されるか、逃げるか、そのどちらかだ。

「私が出ていったら気まずいんじゃないの？　もう、ずっと誰とも会っていないもの」

「そんなことないよ。詩葉の話だって出るよ。どうしているのかなって」

「とくに人に話すようなことはないよ。私は独り者だからね」

「みんないろいろだよ。ミサキは結婚して、すぐ離婚したし、シオリはシングルマザー。それぞれ悩みや苦労があるからね、すごく幸せなわけでも、不幸なわけでもないよ。相変わらず、みんなでくだらないこと言って笑って、昔の話をするんだ。それでいいんだよ」

ミサキというのは詩葉の英語の発音がおかしいと強く批判した子だ。シオリはミサキの親友だ。

「そういうのがいやなんだ」

沈黙があった。

清美が言った。

「詩葉はまだ、あの図書室にいるの？　あたしはあの図書室を出たんだよ。……あそこは静かで誰にも邪魔されなくて、居心地がいいけれど、あるのは本ばかりでしょ。開けば面白い話が書いてあるけど、それはどれも終わったことで、ほかの人の話だから。あたしは、あたしの人生を生きなきゃって思ったのよ。どうなるか分からないけど、とにかく歩きだすことにした。短大に入ってもまだ、しばらく引きずっていたけど、自分で決めて、そうした。……それで、今の旦那に会って一緒になった。全部は思いどおりじゃないよ。だけど、あたしはもう、選んじゃったからね、子供もいるから。逃げも隠れもできないの。今のここで幸せになるんだって決めて、小さな幸せを見つけて、毎日、暮らしているの」

淡々とした調子で言った。

「私も出たよ、あの図書室。東京に来て大学に入って就職した。だけど、あんまり変わらなかった。図書室のせいじゃなくて、私に問題があるんだ」

詩葉は乾いた声で答えた。

「うちは男の子二人。旦那がサッカー好きだから地元のサッカークラブに入ったけど、あたしに似たらしくて運動神経はあんまりよくない。勉強はもっとだめ。でも、二人ともかわいくて、いい子だよ。口だけは達者でね。いつもうるさい。大騒ぎ。大変なの。……家族とか友達とかさ、傷つくことも多いよ。面倒なことも、いやなこともあるよ。だけど、その分、楽しいこともたくさんある。旦那も子供たちもいるからね、その人たちのためにもしっかりしないとね。誰もががいて、苦労して、汗かいている。……同窓会に来るのは、そういう人たちばかりだよ。……詩葉には来てほしいんだ」

清美は黙った。どこかの部屋からテレビの音が響いてきた。

詩葉はのどの奥がひりひりしてきた。

そのまま通話を切ろうとしたら、清美が言った。

「詩葉は自分のことをつまらない人だと思っているかもしれないけど、本当はとってもすてきな人なんだよ。みんなも、そう思っている。勉強を頑張って東京のいい大学に入った。会社勤めして、今はお店で働いているんでしょ。かっこいいよ。ちゃんと、自分のこと、褒めてあげなよ」

意外な言葉に詩葉は黙った。

通話が切れても詩葉はスマホを握っていた。

本当はとってもすてきな人なんだよ。

清美の言葉が耳の奥に響いていた。

詩葉は自分に自信がなかった。だから、友達の輪に入っていけない。ここぞというときにしりごみしてしまう。新卒時の就職に失敗したのも、その後、契約社員に流れてしまったのも、そういう詩葉自身の弱さが原因だと思っていた。

気づいたらどん詰まりで、清美や高校の同級生たちはもうずっと前を進んでいるのに、詩葉ひとりが同じ場所で足踏みをしていると考えていたのに。

すてき……か。

胸の奥にぽっと灯りがともった気がした。

そんなふうに人から言われるのは初めてだ。なんだか、くすぐったい。けれど、うれしい。清美に言われたから、よけいに心に響く。

窓を開けると、雨が降っていた。懐かしい図書室の匂いをかいだような気がした。

3

店に行くと、多鶴さんがスポーツ新聞を読んでいた。

「めずらしいですね。多鶴さんがスポーツ新聞なんて」

「うん、見出しが気になったから。結城《ゆうき》玲央《れお》って知ってる?」

「もちろんですよ。ハンサムなカリスマパティシエでしょ。たしか、お父さんがフランス人なんですよね。広尾《ひろお》の店はいつも行列ができているって、よくネットに出ています」

「その人がトラブった」

新聞を手渡された。〝カリスマパティシエ結城玲央、SNSが大炎上〟という大きな見出しが躍っていた。客のSNSの書き込みに怒って反論を書いたのが発端らしい。

——味の分からない奴は来なくていい。

「あれれ。大変だ」

「だめね、本当のことを言っちゃ」

多鶴さんは笑った。

酔っぱらって店の者に毒づくならいいが、SNSに書き込むのはご法度《はっと》だ。たちまち拡散して、さらに多くの書き込みが加わった。

いわく、上から目線だ、生意気だ、調子にのっている、自分をなに様だと思っている、そもそもあの店は値段ばかり高くてたいしておいしくない、マスコミが持ち上げただけだ……ほかにも、ありとあらゆる罵詈雑言《ばりぞうごん》が押し寄せた。

スポーツ紙が取り上げるくらいだ、きっともうワイドショーでも話題にしているだろう。今まで便利に使っていたマスコミは手の平を返したように貶《おとし》めるに違いない。パティスリー業界に詳しい某氏のコメントが載っていた。

〝パティシエが渡仏する理由のひとつは、名店に籍を置くこと、有名コンテストに出て受賞することなんですね。結城玲央さんは名店で働いていないし、主な受賞歴もない。パティシエとしての実力ははなはだ心もとない。いわばビジュアル系ですね〟

つまり腕は二流だが、たまたまテレビ映りがよかっただけだった。だが、これでもう終わりとでも言いたいのだろうか。

「さすがにこれは、かわいそうよ。二つ星レストランのデザートを任されていたこともあるんだから。腕は確かよ。お調子者で脇は甘いけれどね」

「知っている人なんですか？」

「ブルターニュにいたとき、別の店で働いていた。こっちは素人《しろうと》同然だったけど、結城君はフランスに来て三年目だからいろいろ教えてもらったの。いい奴なのよ」

多鶴さんは小さく肩をすくめ、白いタブリエをつけた。

夕方、晴絵さんが久しぶりにやって来た。

カウンターに座ると、ハーブティーを頼んだ。ガラスポットからカップに注ぐと、やわらかな香りがあたりに広がった。晴絵さんは一口飲んで目を閉じた。

「おいしいですね。心が洗われるような気がします。制作所に入ってから、こんなふうにひと息つけるのは久しぶりです」

「そう言ってもらえると、私もうれしいわ。……お仕事のほうはどうですか?」

多鶴さんがたずねた。

「一年生になった気持ちでやっています。分からないことだらけだし、取引先の人は『あんたで大丈夫か? お姑《かあ》さんだったら安心なのにな』って顔をするんですよ。失礼でしょ。でも、お姑さんも同じ道を通ったんです。もっと厳しい目にさらされていたと思います。悔しいことが何度もあって、工夫して、今があるんですよ。だから、私もやらなくちゃって。そう覚悟しました」

「いいお話を聞けました。ありがとうございます」

「そう、思ってくださいます?」

「もちろんです。きっと、新しいご自分が発見できますよ」

「ウェブデザインの勉強もはじめたんです。手始めに向山製作所のホームページに手を入れます。もっと見やすくして、たくさんの人に目にとめてもらえたらいいなって思って」

「すてきだわ。ご家族も喜んでいらっしゃるでしょう」

「ええ。とくに高史さんが」

「それが一番」

多鶴さんの言葉に、晴絵さんは頬を染めた。けれど、詩葉は晴絵さんの笑顔が硬いことが気になった。まわりの期待に応えようと無理をしているのではないか。自分が譲ればいいのだと我慢をしているのではないだろうか。

それが少し心配だった。


仕事が終わって片づけをしているとき、詩葉は多鶴さんに言った。

「今日の晴絵さんの様子ですけど、なんだか、無理をしているようじゃなかったですか?」

「あら、そう? 私はそんな感じはしなかったけれど?」

多鶴さんは意外そうな顔をした。

「張り切りすぎて息切れしないか心配です」

「まぁ、急に創業一族の社長夫人になったわけだからとまどうことも多いでしょうね。でも、今が彼女の頑張りどころだわ」

多鶴さんは洗い物をしている。

詩葉はそんなふうに簡単に片づけたくなかった。ワイングラスをふきながら、胸の中がもやもやとしていた。

迷ったが、やっぱり言おうと思った。

「あの……、それでよかったんでしょうか。晴絵さんの本音は、もっとお子さんと過ごしたり、家のことをしたかったんじゃないでしょうか。でも、まわりからの圧力というか、雰囲気というか、なんとなくその方向に流されていって、やらざるをえなくなってしまったんじゃないでしょうか」

「そうねぇ。たしかにそういう点もないわけじゃないでしょうね。でも、今日の晴絵さんは辛そうには見えなかったわ。むしろ生き生きしていたんじゃないのかしら」

多鶴さんは洗った鍋《なべ》を伏せた。

詩葉はテーブルをふきはじめた。

今までの詩葉だったら、よけいなことを口にすまいと胸のうちに収めてしまっただろう。けれど、その日は違った。どうしても、今、言わなくてはいけない気がした。

「多鶴さんはいつも、自分の皿は自分で選ぶものだって言いますよね。それが大事だって。晴絵さんの選択はまわりからの圧があったからで、自分の意志ではないと思うんです。心から納得していないのに、選ばされたわけでしょう？　自分が譲ればまわりも幸せになるからって、従ったんじゃないかと思うんです」

「たしかに周囲から言われたことではあるけれど、晴絵さんも納得して受け入れた。なんにも問題はないわよ」

なんだかごまかされたような気がした。

晴絵さんの問題は詩葉自身の問題でもあるのだ。

——詩葉はまだ、あの図書室にいるの？

清美のその言葉を詩葉は反芻《はんすう》していた。

どこで自分が間違えてしまったのかずっと考えていた。

東京の大学に合格して英文科で学んだ。英語を使う仕事に就くのだと、一年のときＥＳＳに所属したけれど、華やかな雰囲気の人たちが多く、気後れしていつのまにか離れてしまった。それからは講義と図書館の往復、あとは生活費の足しにするために短期のアルバイトを繰り返した。サークル活動をしていないと大学では友達ができにくい。

成績はよかったのに、情報不足で就職活動に出遅れた。新卒で入った会社では人間関係で苦労した。その後の派遣社員でも、立場が弱いから空気を読んで、穏便なところに落ち着こうとした。気がついたら自分が思っていた場所とは全然違ったところに流されてしまっている。

そうなってしまったのは、自分のせいだ。

自分の皿を選べなかった。

今の晴絵さんも周囲の圧に流されている。

舅姑が望み、夫からも言われて、仕方なく受け入れた立場になじもうと努力している。不満があっても、自分さえ我慢すればと無理をしているのではないか。

「多鶴さんは外国に住んでいたことがあって、自分の意見を言える人だからそんなふうに考えられるんですよ。普通の日本人はまわりの人とうまくやっていかなくてはいけないと思うから、反対意見を言えないんです。晴絵さんの立場なら、受け入れるしかないんです。みんなが幸せになる、喜んでもらえる。だから、自分が我慢すればいいって思うんです。でも、それって結局、目の前に出された皿を食べることですよね。そうやっていると、いつまで経っても自分の皿を選べないんですよ」

詩葉は一気に告げた。

多鶴さんは洗い物の手を止めて詩葉をまっすぐ見た。

「つまり、晴絵さんは今までどおりクリニックで働いて、向山製作所に関わらないほうがいいってこと?」

「そういう考えもあると思います」

「それを決めるのも、晴絵さん自身よ。人は変わるし、変わることができる。晴絵さんは自分で決めて新しい世界に飛び込んだ。大変かもしれないけれど、学ぶこともあるはずよ。仕事にやりがいを感じるかもしれないし、家族で働く楽しさもあるかもしれない。彼女は賢い人よ。気持ちを切り替えて、幸せを見つけることのできる人だと思うわ」

もう、この話はおしまいというように多鶴さんは洗い物を続けた。

詩葉はまだもやもやしていた。

「私は、人とつきあうのが苦手です。我を通してまわりに波風を立てるくらいなら、なにも言わないで流れに従ったほうがいいと思うほうです。それで、後悔するんです。いつまで経っても、自分の皿が選べない。本当に自分の欲しいものが分からないし、仮に目の前にあっても手を伸ばすことができないんです。そういう私はどうしたらいいんですか？」

多鶴さんは顔をあげた。

「あなたの話だったのね。私は強くなんかないわ。今までもたくさん失敗をしてきた。傷つけた人もいる。申し訳ないと思っている。……あなたは、自分の皿が選べないって言ったけど、ここに来たでしょ。そうして、今、ここで働いている。皿を選ぶってそういうことよ。偶然や運にも左右される。思ったのと違うことだって当然あるわ。大事なのはね、自分が選んだその皿を、最後までおいしく食べるってことよ。幸せの鍵はね、持っているだけじゃ意味がないのよ。扉を開けて外に出るためにあるんだから。言葉に出して、行動に移さなかったら、なにも起こらないのよ」

強い眼《め》をしていた。詩葉は言葉に詰まった。多鶴さんは続けた。

「あなたの今の気持ちを晴絵さんにぶつけてみたら？　本当はどうなんですか、無理をしているんじゃないですかって。そんなふうに立ち入られるのはいやだって拒否されるかもしれない。でもね、それを恐れてなにもしなかったら、あなたの気持ちは伝わらないわ。言葉にするから伝わるのよ。逃げないでやってみたら？　それは晴絵さんのためであり、あなたのためでもあるのよ」

詩葉はうつむいた。

そのとおりだ。けれど、そんなことが自分にできるだろうか。

ブルターニュの少女の顔が浮かんだ。


それから何度か、町で晴絵さんを見かけた。夕方、自転車に息子をのせて走っているときもあったし、スーツを着て顧客のところに向かうらしいときも、大きなバッグを抱えてパソコンスクールに入っていく後ろ姿も見た。

元気そうだったし、生き生きとしていた。

そうか。晴絵さんはそんなふうに新しい暮らしを選んだ。

そして、自分のやるべきことをやっている。

多鶴さんの言ったことは本当だった。そう詩葉は納得しようとした。

——本当はどうなんですか、無理をしているんじゃないですか。

その言葉を飲み込んだ。

その日はポルトボヌールが休みだった。買い物に出かけた詩葉は晴絵さんが夕やけだんだんの脇の石段に座っているのを見つけた。晴絵さんは無心にコロッケを食べていた。

「めずらしいですね、こんなところで」

詩葉は声をかけた。

「いやだ、恥ずかしい。なんだか、すごくお腹がすいてね」

晴絵さんはいつもと同じ笑みを浮かべた。ひとつ食べ終わると、二個目に取りかかった。

買い物を終えて道を戻る途中、今度は「和栗《わぐり》や」の前のベンチでソフトクリームを食べていた。

「また、会いましたね」

声をかけると、晴絵さんは恥ずかしそうに笑った。

「しょっぱいものを食べると、甘いものも欲しくなるのよ」

「あの……、もしかして……」

「違う、違う。おめでたじゃないわよぉ」

晴絵さんは頬を染め、手を振った。

「ああ、そうですかぁ。だって、なんだかいい食べっぷりだから」

そう言って別れた。

しかし、その三十分後、詩葉はまた晴絵さんに会った。

晴絵さんは道端で大きめの「羽二重《はぶたえ》団子《だんご》」の紙箱を手にしてだんごを食べていた。

「あらぁ、見つかっちゃった」

ケラケラと笑った。

「あの、それ、全部、ひとりで食べるつもりですか」

手にした箱のだんごは半分ほどなくなっている。

「いやだ。いつのまに……。今日、ちゃんとご飯を食べたのよ。朝も昼も私がつくってみんなでいっしょに……。私、少し変ね」

晴絵さんの口の端がかぶれたように赤くなっている。

思わず詩葉の口から言葉が出た。

「無理をしていないですよね。ちゃんと納得して向山製作所の仕事をしているんですよね。なんとなく周囲に流されていないですよね。自分だけが我慢すればいいんだって思ってないですよね」

晴絵さんは驚いたように目を瞬《しばたた》かせた。

「立ち入ったことを聞いてすみません。……私は、みんなと仲良くするようにって母親から言われて育って、いい大人になってもまだ、主張をするのが苦手なんです。本当はいやなのに我慢してしまうこともたくさんあります。晴絵さんは賢い人だから、そんな間違いはしないと思います。でも……、もしかしたら、そんなことがあったらいやだなって思って……。ずっと気にかかっていたんです。……すみません。よけいなことを。……失礼ですよね」

晴絵さんは笑わなかった。なにか言いたそうに唇が動いている。

小さな咳《せき》をした。顔色が悪い。

歩きだそうとした晴絵さんの足がもつれた。腰からくずれるようにうずくまった。額に大粒の汗が浮かんでいる。

タクシーを拾って藪坂クリニックに向かった。受付に小川さんがいた。晴絵さんの顔を見ると、すぐ診察室に連れていった。

帰ろうとする詩葉を白井さんが呼び止めた。

「連れてきてくれてありがとうね。大丈夫、心配ないわ。ちょっと疲れがたまっているだけだと思うから」

クリニックを出ると、ちょうど向山製作所のバンが到着するところだった。高史さんらしい人が急ぎ足でクリニックに入っていった。

夕日が雲を赤く染めていた。

翌日、いつものように白井さんが店に来たけれど、「昨日はどうもね」と言っただけだった。だから、大きな問題はなかったのだと思った。

一週間ほど過ぎた午後。

晴絵さんがひとりでやって来た。詩葉を見つけ、ていねいに頭を下げた。

「先日はご面倒をおかけしました。あの後、藪坂先生の紹介をいただいて三日ほど入院しました。体もだけれど、心が疲れていたそうです。本当にありがとうございました。うれしかったです。あんなふうに言ってくださったのは詩葉さんだけだったから。ちゃんと私のことを見ていてくれる人がいるんだって分かったから」

「いいえ、私は……。よけいなことを言ってすみません」

詩葉は応えた。自分の顔が赤くなっているのが分かった。多鶴さんが微笑《ほほえ》んでいる。

晴絵さんはカウンターに座るとハーブティーをオーダーした。

「仕事場では、ほかの人たちがてきぱき動いているのに私だけが、そのリズムにのれなくて辛かったんです。迷惑をかけちゃいけない、ちゃんとしなくちゃって、ずっと思いながらもがいていて、苦しかったんです。孤独でした。……言えばよかったんですよ、助けてって。でも、弱音を吐いたらいけないと我慢して……、無理して……。高史さんにも、なんでもっと早く言わないんだって叱られました」

「助けてなんて、簡単に言えないですよね。だって、負けを認めるみたいじゃないですか」

詩葉は言った。晴絵さんはうなずいた。

「そうなの。勝ち負けじゃないけれど、やっぱり勝ち負けなの」

多鶴さんがカウンターにハーブティーをおいた。ガラスポットの中でカモミールやミントの葉が揺れている。

「でも、おかげでちゃんと高史さんと話しました。仕事のことだけじゃなくて、ご飯のこととか、子供たちの世話とか、お腹にたまっていたことをみんな、ぶつけました。高史さんは驚いていました。全然気がつかなかったって。どうして、もっと早く伝えてくれなかったのか、なんでも話し合おうって言ったじゃないかって……。ごめん、悪かったって。だけど、言わなかった私も悪いですよね」

「そういうものですよ。近い人ほど、言えないんです」

多鶴さんが微笑む。

「今日はお礼と……、私の新しい出発のために来ました。家族の時間も大事にしたいし、パソコンの勉強も続けたいし、もちろん向山製作所の仕事も覚えたい。お姑《かあ》さんに安心してバトンを渡してもらえるように頑張りたいんです。もちろん、ほかの人たちに助けてもらいながら。その記念の日です。元気の出る一皿を選んでもらえませんか」

多鶴さんは、すっと背筋を伸ばした。

「任せていただけるのはうれしいけど、この店にお任せはないのよ。なにが食べたいのか、自分の皿は自分で選ぶ。それがこの店の流儀」

「そうでした。忘れていました」

晴絵さんは明るく笑って、もう一度ゆっくりとメニューに向き合った。あれこれ迷って、バターと粉砂糖にバニラアイスクリームを添えたクレープを選んだ。

多鶴さんは鉄のクレープパンを火にかけた。レードルで生地をすくい、クレープパンに流し、手早くロゼルで広げる。やがて甘い香りとともに縁のあたりがぱりぱりと乾き、中心の厚みのある部分にはぷくぷくと小さな泡が浮かんできた。

スパチュラを差し込んでくるりとひっくり返す。

手早く三角に折って皿にのせ、バターと粉砂糖、バニラアイスを添えた。

「どうぞ」

多鶴さんが勧めた。

晴絵さんは顔を近づけてクレープの香りをかいだ。それからフォークとナイフを手にすると、バターをすべらせながら溶かした。きつね色のクレープの表面でバターは砂糖と溶けあい、金色のとろりとしたソースになってクレープを潤した。

晴絵さんは大切な宝物を扱うようにナイフを入れ、そっと一口、口に運んだ。

「ねぇ、このバターが特別おいしいのだけど、どこのバターですか？」

「さすがお料理上手。いい舌をしているわね。料理人になってもよかったのに」

多鶴さんはとろけそうな顔になった。

「これはブルターニュの有塩バターなの。ブルターニュは酪農と製塩が盛んな土地でね、その二つが合わさって極上のハーモニーが生まれるの。高史さんというよき伴侶を得た晴絵さんにぴったりでしょ」

多鶴さんの言葉に晴絵さんは頬を染めた。

「今度はご家族でいらしてくださいね。お待ちしております」

「そうしますね」

晴絵さんは元気よく立ち上がると、詩葉と多鶴さんに礼を言って出ていった。

その後ろ姿を見送って、多鶴さんが言った。

「よかった。詩葉ちゃん、ちゃんと伝えられたのね」

「はい。でも……」

詩葉が思っていたのとは、違う選択だった。だが、それは、もっとも晴絵さんらしい選択だった。

「すてきな人ですね」

詩葉は言った。多鶴さんがうなずいた。

第二話

山城さんのメルゲーズのガレット

1

詩葉がお気に入り登録をしているブログ〈追憶の地　ブルターニュ〉が更新されていた。

〈ブルターニュにはカンペール焼きという
手描き絵付けの焼き物がある。
ぽってりとした温かみのある器で素朴なタッチ、
華やかな色合いで人物や花などを描いている。

カンペール焼きはフランスで最も有名な手描き絵付けの陶器だ。
アンリオ・カンペール社は、

なんとルイ十四世王家により設立された。

現在もカンペールタッチと呼ばれる絵付け技法を用い、職人がひとつひとつ手描きで絵付けをしている。

器の底には作家のサインが入り、カンペール焼きの証明書もつく。

その絵柄はゴーギャンやセザンヌ、ピカソなども影響を受けたと聞く。

人気は、耳つきの大きな「ブルトンボウル」。

カフェオレボウルの王様とも言われているものだ。

これでシードルを飲むとうまい。

しかし、たくさん入るので酔っぱらわないようご用心〉

絵皿の写真があった。

白い帽子に赤いシャツ、青いスカートに黄色いエプロンをかけた女性が横を向いた絵柄だ。

あのブルターニュの少女を思い出す。

朝、店に行くと、多鶴さんが大きな肉の塊を前にうれしそうな顔をしていた。

「羊のもも肉のいいのが手に入ったから、メルゲーズを仕込もうと思って」

「メルゲーズってなんですか?」

「クミンやコリアンダーをたっぷり入れた辛いソーセージ。マグレブで生まれた料理でクスクスに添えることが多いんだけど、ガレットと合わせてもおいしいのよ。調べてごらんなさい」

詩葉はあわててスマホで検索する。マグレブというのはエジプトからリビア、チュニジア、モロッコなど北アフリカ一帯をさし、アラビア語で日没の地という意味だそうだ。ちなみにクスクスは粒状のパスタでモロッコなど北アフリカから中東でよく食べられているものだ。

「日没の地のソーセージがブルターニュっていう辺境の地に渡ったってわけ」

「そこから日出《い》づる国、日本へ。さらに地球を半周したことになりますね」

「あら、うまいこと言うじゃない。そういうことよ。ソーセージをつくるところは見たことないでしょ。面白いのよ」

多鶴さんは言いながら、羊肉をざくざくと切っていく。さらに豚肉、背脂《せあぶら》にとりかかる。

「こんなに背脂を使うんですか?」

「コクがでるのよ」

普段、豚ロース肉の白い脂も切り取って調理している詩葉は、山をなす背脂にたじろいだ。

多鶴さんは当然という顔で肉挽《ひ》き機を取り出すと、肉や背脂を入れてハンドルを回してミンチにかけた。

「ヨーロッパの農家は、昔から牛や羊や豚を飼っているの。春に子供を産ませて育てて秋に売る。あるいは、冬の食糧にする。保存のきくソーセージや干し肉は暮らしの知恵ね。ヨーロッパの冬は厳しいから、どうやって冬を越すかっていうのは、大問題なのよ」

もちろん頭からしっぽまで食べつくす。アンドゥイエットというソーセージは腸や胃などのホルモンを豚のもも肉や背脂とまぜて詰めたものだし、ブーダン・ノワールはなんと豚の血のソーセージだ。

「ブーダン・ノワールは詩葉ちゃんもこの前食べたでしょ。おいしいって言ってなかった？」

「いえ、私はちょっと……」

道草さんや白井さんがワインに合うと喜んでいたが、詩葉は遠慮した。

「食べなかったの？」

「はい」

信じられないという顔で多鶴さんが見ているので、渋々答えた。

「血でできているって聞いたし、真っ黒だったから」

「食べ物屋で働いているんだから、食べず嫌いはもったいないわよ。あなたが想像しているのとは違う味よ。この前のは買ったものだけれど、今度、自分でつくってみようと思っているのよ」

多鶴さんは食に関して貪欲《どんよく》な人だ。ガレットとクレープの店と言いながら、サーモンやチーズをスモークし、塩豚やベーコン、生ハムを仕込む。それは仕事だからという以上に、興味があるから、さらにお客さんを喜ばせたいという気持ちからだと思う。詩葉も食べることは嫌いではないが、内臓系とか、血と聞くと腰がひける。そういうものに果敢に挑戦する多鶴さんはやっぱりある意味、冒険者だ。それも熟練の。

多鶴さんは大きなボウルを取り出すと、肉やスパイスを入れてまぜはじめた。

開店前なので店中に響き渡るようなギターの音が流れている。あまり聞いたことのない音色だ。

「いつも思っていたんですけど、これはジャズですか?」

「まぁ、そうね。ジプシージャズとか、ジプシースウィングっていうのよ。これ、機関車っていわれるリズムなの。ちょっと面白いでしょ」

詩葉はまた、スマホで検索する。

ジプシーの伝統音楽とスウィング・ジャズを融合させたもので、一九三〇年代のフランスで流《は》行《や》ったらしい。歯切れのいいリズムがシュッシュッポッポという機関車を思い出させた。

多鶴さんの赤い髪が揺れて、力のありそうな腕がリズムをつけてボウルをかきまぜている。骨ばった指が肉をつかみ、ぐいぐいとまぜているに違いない。

どんなふうにソーセージになるのか気になって、詩葉は床をはき、テーブルをふき、卓上の花瓶の水を替えながらちらちらと厨房を見ていた。

厨房が静かになったので見ると、多鶴さんは絞り出し器を使って豚腸に詰めていた。豚腸はセロファンのように薄く透きとおって、長い。それを絞り出しの口金のところにはめて、ストッキングをはくときのようにたくしあげる。多鶴さんが口をへの字に結んで絞り出し器を押すと、ぷりっとミンチ肉があふれ出した。にゅるにゅるとミンチ肉があふれ出し、半透明の豚の腸を満たしていく。多鶴さんは左手で豚の腸をのばしながら右手で絞り出し器を操り、ミンチ肉を詰めていく。豚の腸は長く、長くのびて、鍋の底でとぐろを巻いた。

ミンチ肉を全部詰め終わると、鍋の中でとぐろを巻いている豚腸を適当な長さでねじった。ようやく詩葉の知っているソーセージの姿になった。

今度は温めた油の中で、ソーセージを煮るのである。

油の温度は八十度。

豚腸は高温に耐えられないし、ミンチ肉を加熱して殺菌しなくてはならない。その折り合いがつくのが八十度ということなのだろう。

多鶴さんは鍋を時々かきまぜながら詩葉に聞かせるでもなく言う。

「ソーセージって誰が考えたのかしらね。腸にものを詰めるなんて、すごい発想よね」

豚腸はきれいに掃除されたものを買っているが、かつては自分たちで汚れを落とし、きれいにしていたのだ。それは大変な手間に違いない。しかし、彼らは肉食なのだ。長い冬の間だって、肉を食べたいのだ。厳しい冬をのりきって春を迎えるのは、命に感謝するなどというきれいごとではすまされない、切実な大仕事だったに違いない。

大鍋からひきあげたソーセージはぷっくりとふくらんで、表面は油でぬらぬらと光っている。

多鶴さんは二切れほど切って、グリルにのせた。じゅうじゅうという音がして、ソーセージはわずかに身をそらし、焦げ色がつく。

「さあ、試食してみよう」

二つの皿にのせた。脇にはキャロットラペを添える。

ナイフを入れると、肉汁があふれた。口の中で唐辛子の辛さがはじけ、クミンやコリアンダーの香りが押し寄せてきた。肉の味、塩気、唐辛子の辛さ、スパイスの刺激。それがまじり合い、ぐいぐいと押し寄せてくる。

「わぁ、強烈」

詩葉は思わず叫んだ。

「それはおいしいってこと？　おいしくないってこと？」

多鶴さんがたずねる。

「おいしいです。初めて会う味です」

「そう、よかった。よし、今日の目玉は、これね」

多鶴さんは腰に手をあて満足したようにメルゲーズを眺めると、ぱんと手をたたいた。

夜になってやって来た道草さんは、さっそく黒板の〝メルゲーズ〟の文字に反応した。

「おお、いいものがあるじゃないか。もしかして多鶴さんの自家製？」

「もちろん自家製ですよ。今朝、多鶴さんが仕込みました」

詩葉が答える。

「ほう、そりゃあ楽しみだ。じゃ、とりあえずビールね。あと、サラダとか適当に」

白井さんもやって来て、メルゲーズを注文する。

「これって、ワインがすすむんだよね」

「はい。あふれる肉汁に、唐辛子の辛さ、クミンとかコリアンダーのスパイスをきかせています」

たちまち白井さんの細い目がさらに細くなる。

そのとき、新しいお客が入ってきた。

詩葉と同じアパートに住んでいる俳優の山城裕介《やましろゆうすけ》だった。

年は三十代半ばか。すらりと背が高く、くっきりとした二重の甘い顔立ちをしている。

「お久しぶり。この前、テレビに出ていましたね。学園ものの教師役」

白井さんが声をかけた。

「あれ、僕のこと、気づいてくれましたか。ありがとうございます」

山城さんは小さく頭を下げた。笑うと白い歯がこぼれた。前髪をかきあげる指が長い。山城さんはどこか王子様っぽい感じがする。それが言いすぎなら、みんなが憧れるテニス部のコーチ。

俳優という仕事は山城さんのためにあるのではないかという気がする。

ついと、カウンターの席についた。背の高いカウンターチェアも山城さんなら様になる。

「じつは明日、オーディションがあるんですよ。ゲン担《かつ》ぎで来ました。以前、ここで食事をしたら、いい結果が出たんですよ」

「うれしいわ。真心こめて焼かせていただきます」

多鶴さんが言う。

「今度はどんな役？　また、お医者さん？」

白井さんがたずねた。

「あはは。それは、まだ、ちょっとね。じつは月9なんです」

「ほう、そりゃあすごい。頑張ってくれよ。そいでさ、早く有名になって広い部屋に引っ越そうよ。いいところ、見つけるからさ」

道草さんが言う。

「そうしたいですよ」

山城さんはまじめな顔で答えた。六畳にキッチン、風呂トイレ付き、洗濯機は外という古いアパートだ。家賃は安いが、壁は薄く音が響く。テレビに出る俳優さんの住む部屋ではない。

山城さんもメルゲーズ、ほかにグリーンアスパラガスのガレットをオーダーした。

同じアパートに住んでいるのに、詩葉はながいこと山城さんと話をしたことがなかった。親しくなったのは、ポルトボヌールで働きはじめてからだ。山城さんが食べに来て、詩葉に気づいたらしい。

休みの日、近くの公園に行ったら、ストレッチをしていた山城さんが声をかけてきた。

――ポルトボヌールで働いていたんですね。知りませんでした。

――働きはじめたのはひと月ほど前です。あそこにお店があるのをずっと知らなくて、たまたま見つけたんです。

――おいしいですよね、あそこは。僕の経済力ではそうしょっちゅうは行かれませんけど。

山城さんはさらりと言う。そこには、みじんもひがみっぽさが感じられなかった。

――私もです。

詩葉もうなずく。同じように、自然に聞こえればいいなと思いながら。

――しかし、いいなぁ。あの店はまかないもおいしいでしょ。

――もちろん。チャーハン、サンドイッチ、パスタ。多鶴さんのつくるものはどれもおいしいです。

――うらやましい。

山城さんはさわやかな王子様の笑みを浮かべた。

学生時代から在籍していた劇団が解散して、今はフリーの俳優だ。やりたいのは舞台だけれど、それだけでは暮らしていけないのでオーディションを受けてテレビにも出る。そのほかの日はアルバイトもしているそうだ。

詩葉は、店の存在を知った日から四日続けて通って、働かせてくださいと頼んだことを言った。

——メニューの後ろにゴーギャンの絵が入っているでしょ。私はあの絵が好きで部屋にも飾っていたんです。それで、なんていうのかな……。

——運命を感じた。

——まぁ、そんなところです。

詩葉は照れた。いい年をして子供っぽいと思ったからだ。

——あの女の子って、おかしな顔をしていますよね。白目をむいて、怒っているような困っているような。忘れられない表情だ。あれはきっと画家自身の顔ですね。

思いがけない言葉だった。

——そうなんですか？

——いや、分からないけど。ゴーギャンって株仲買人だったんでしょ。その仕事を捨てて画家になった。物価の高いパリを捨ててブルターニュに移った。だけど、相変わらずお金はないし、自身も模索している。ああいう顔になりますよ、きっと。

——そういうふうに考えたことはなかったです。

山城さんはそんなふうに考えて役作りをするのか。

俳優、山城裕介の一端に触れた気がした。

——以前、絵描きの役をしたことがあってゴーギャンのことを調べたんです。他人とうまくやっていける人じゃないですよね。パリにいても、ブルターニュでも、タヒチですら居心地の悪さを感じていた人じゃないかな。人間嫌いのくせに淋しがり屋。プライドが高くて小心。わがままで自分勝手。でも、とてつもない才能がある……。

——あんまり、友達になりたくない人ですね。

——でも、僕はそういう男を知っているな。そいつに芝居の世界に誘われた。

山城さんは遠くを見る目になった。

——裏方を手伝うはずだったのに、いつのまにか舞台に出ていた。腹が立つことも多いんだけど、人を巻き込むのがうまいんだ。そいつが出てくると舞台の空気がぱっと変わった。見たこともない世界を見せてくれる。芝居ってこんな面白いものかと思った。稽古があるから授業に出られなくなって……ついに中退。それなのに、芝居のために大学に通っていたんですよ。自分でも呆れる。

——その人は今も芝居をしているんですか？

——もちろん。たまに会うと相変わらず不機嫌そうな顔をしていますよ。そいつのせいで、僕は苦労をしている。勝手に辞めたりしたら、ただじゃおかない。どうしてくれるんだって、文句を言ってます。

明るく笑った。

——いつか、その人に感謝する日が来ますよ。きっと。

――そうならなくちゃ、いけないいな。

多鶴さんはクレープパンにガレットの生地を流す。ロゼルで生地を広げた。生地の端のほうの薄いところには、早くも香ばしい焼き色がつき、中央の厚みのある部分は気泡が生まれた。卵を落とすと、広がった白身は輝き、真ん中のこんもりと盛り上がった黄身はわずかにふるえた。

その間に、グリルでメルゲーズやグリーンアスパラや赤と黄のパプリカに火を入れる。グリーンアスパラの緑が鮮やかになり、パプリカの表面にうっすらと水気が浮かぶ。メルゲーズはじゅうじゅうと音をたて、耐えきれなくなったように皮が破れて肉汁があふれた。

皿に盛りつけ、山城さんの元に。

山城さんがナイフを入れると、メルゲーズの肉汁が流れ出し、卵黄とまじり、ガレットにしみこんでいった。山城さんの口元がふっとゆるむ。一口食べて、笑顔になった。

「ガツンとくるなぁ」

「そうだろう。くるんだよ。けっこう、くるよな」

道草さんが笑う。

「これを食べたら、もう勝ったも同然。あははは。結果出してよ、あたしたちも応援しているんだから」

白井さんも笑う。

「そうです。楽しみにしています」

詩葉も言った。

部屋に帰ると、同窓会幹事のナカからメールが届いていた。

〝ご無沙汰しています。

藤沢ひろ子（旧姓中田）です。同窓会の件でご連絡をしました。このアドレスは清美さんから教えてもらいました。清美さんからお聞きになっているかと思いますが、高柳先生が今年で退職されるので、久しぶりにみんなで集まることにしました。北海道や大阪からも来る人がいます。お忙しいかと思いますが、ぜひ、ご参加ください。

追伸　高柳先生も詩葉さんに会いたいと「熱望」されています〟

詩葉はメールをながめた。

清美がナカにメールをするよう伝えたに違いない。なんとしても、詩葉を同窓会に出席させたいらしい。なぜ、そこまでするのかとも思う。たしかに昔から親切で思いやりがあり、ときにそれが過剰になった。

――なんかさ、息苦しいよね。

ずっと以前、放課後の図書室で清美が言った。

清美は生まれつき髪が茶色く、ウェーブがかかっていた。髪を染めているのではないか、パーマをかけているのではないかと中学で言われ、高校に入ってさらに厳しく問われた。髪のせいで、町で不良たちにからまれたこともある。

スカートは校則どおりの膝が隠れる丈で、髪もひとつに結わえている。もちろん透明マスカラやつやのあるリップとも無縁だ。清美はそうやって、「自分はみんなが想像するような人ではない」と主張していた。

――髪の色が違うのも、天パーなのもあたしのせいじゃないのにさ。あれこれ言われていやんなっちゃう。詩葉は東京の大学に行くんでしょ。いいなぁ、あたしも、もう少し勉強ができたら東京の大学に行きたい。東京にはいろんな人がいるから、ちょっとぐらい髪の色が違ってもあれこれ言われないんだってさ。

――清美だって頑張れば、東京の大学に行けるよ。

――そうだよね。あたしも頑張ろう。

清美の成績は上がったが、東京行きは両親の猛反対で断念。地元の短大に進んだ。その後、実家の酒屋を手伝い、配達先の不動産会社の人と知り合って結婚した。

詩葉も清美と同じように東京に憧れていた。東京の大学に行けば、なりたい自分になれる気がしていた。雑誌にあるような、おしゃれで充実した大学生活を過ごせると思っていた。詩葉の性格もすっかり変わって、明るくて陽気で友達がたくさんいる――。

その点では、詩葉も清美に負けないくらい世間知らずでのんきだった。

なりたい自分になれるのは、そうなるよう努力した人だけだ。それは自己責任ともいうらしい。

——詩葉はまだ、あの図書室にいるの？　あたしはあの図書室を出たんだよ。……あたしは、あたしの人生を生きなきゃって思ったのよ。どうなるか分からないけど、とにかく歩きだすことにした。

親の言うことに従ってふるさとに残った清美は、自分の道を切り拓《ひら》いた。

詩葉はどうだろう。東京の大学に進んだのに。自分なりに精一杯やってきたのに。どうすればよかったのだろう。

——ガレットもクレープも、その人のために焼くものなんです。自分は自分、他人《ひと》は他人。それぞれ食べたいものを注文するんです。

多鶴さんはいつも言う。

そのことについて多鶴さんにたずねたことがある。

——どうしてシェアしたらだめなんですか？

——そういうものだからよ。分け合うことも大事よ。でも、私はこうしたい、こう思っているって主張することはもっと大事。まわりに流されたらいけないの。

晴絵さんの顔が浮かんだ。

詩葉は晴絵さんが無理をしていると思った。今までどおり、クリニックで働くことを選択してほしかった。自分を主張し、まわりに流されないとはそういうことだと思っていた。

だが、晴絵さんは別の道を選択した。

さまざまなことを乗り越えて、今の晴絵さんは生き生きとしている。一番いい道を選んだのだろう。

詩葉は同窓会の出欠ハガキを取り出した。

同窓会に出るというたったそれだけのことなのだ。自分はなにをためらい、清美はどこにこだわっているのだろう。

どこからか、低くギターの音が聞こえてきた。静かな夜だ。大家さん宅の庭は暗く、細い路地を隔てた先は詩葉のところと同じような古いアパートだ。誰が住んでいるのかも知らないし、気にしたこともない。

詩葉はいつも自分の内面ばかりをながめている。

窓の隙間から夜の空気が静かに流れ込み、部屋を満たしていった。

ハガキをながめて、棚にもどす。

2

それから何日か過ぎた。きれいな夕焼けの日だった。いつものようにカウンターに座った白井さんが言った。

「今日ね、クリニックの近くでカワイイチが撮影をしていたのよ」

ざわめきの中で、小川さんの声だけが聞こえた。


「だれだ、それ」

　隣に座った道草さんがたずねる。

「だから、カワイチ。川本聖一《かわもとせいいち》。知らないの？　朝ドラでブレイクした俳優。小川さんが騒いでいたから、あたしも休憩時間に見に行ったの。人がいっぱい集まっていたわ」

「すてきでした？」

　多鶴さんがたずねた。

「そりゃあ、もう。あんまりよくは見えなかったけど、そこだけ光が射しているような感じがした。オーラがあるって、あのことね」

　道草さんは、さっそく自分のスマホを取り出して調べている。

「お、こいつか。うん、テレビでよく見る顔だな。なるほどな。結構、年いってるじゃねえか。それに、すごいハンサムってわけじゃないよな」

「三十半ばでしょ。もう若さだけじゃ売れないし、すごい演技派ってタイプでもないのよ。だからね、オーラなのよ。天から与えられた特別ななにかよ。だけど、性格はあんまりよくないわね。遠くから見ただけでもなんとなく感じた。まぁ、そうねぇ……、わがままっていうか、横柄《おうへい》。俺が一番みたいな」

「そのくらいじゃなきゃ、主役ははれないいんじゃないですか？」

　元商社マンの大川さんが話に加わった。

「どこの世界でもずば抜けた人は、一般人から見るといびつなところがありますから」

「うちにも時々、ミュージシャンとか、映画監督とか、漫画家の卵が来るよ。話をすると、みんなまじめないい奴なんだ。けど、有名になった奴はあんまりいないね」

「そういう人にも部屋を探してあげるんでしょ」と白井さん。

「もちろん。だけど大家がなかなか、うんって言わねぇんだ。家賃をちゃんと払ってもらえるか心配だろ。夜中に集まって騒ぐんじゃないかとか、楽器を鳴らされるのも困るしね。この前もパンクロックやってますなんて、首にどくろをつけて髪の毛を逆立てたのが来た。思わず『あんた、ふだんもその格好なの？』なんて聞いちゃったよ。そしたら『この格好でも大丈夫なアルバイトがあるんです』なんて言われた」

「それで部屋は探せたんですか」

詩葉はたずねた。

「もちろんだよ。何年、不動産屋をやっていると思っているんだ。そういう人の役にたつのが仕事じゃないか。それにさぁ、俺は結構、あいつらが好きなんだよ。やっぱりピュアだからさ」

「ピュアねぇ」

多鶴さんがオウム返しにつぶやく。

「道草さん、結構ロマンチストなんだ」

白井さんがからかう。

「そうだよ。当たり前じゃないか。考えてみろよ。親兄弟からはいつまでそんな馬鹿なことをしているんだって言われるよ。そんで、金もないんだ。あってもみんなミュージックだの、フィルムだのにつぎ込む。そうやって頑張っているんだよ」

「いつかブレイクするのを夢見て？」

白井さんがちゃちゃを入れる。

「どうだろうね。口ではいろんなことを言うけどさ、あいつらだって自分がどれほどのものか分かっているよ。夢が半分、現実が半分。それでも、やりたいんだよ。好きなんだ。誰がなんと言っても、続けたいんだ。一度きりの人生だからさ。後悔したくないってのもあるだろうね。親に泣かれても、怒鳴られても、突っ走っちまう。親不孝をお許しくださいってわけさ。そういう若者って、ちょっといいよね」

「道草さんも若いころ、夢中になったものがあるんですか」

大川さんが聞く。

「あったような気もする。だけど、そんなには夢中にならなかった。そういう性分じゃないんだ。それに、ほら、うちは親父《おやじ》が病気になって、俺が店を引き継がなくちゃならなかったからね」

「あたしにはそんなふうな時代はなかったわ。早く手に職をつけて、独り立ちしたいって、そればっかり。家を出たかったのよ」

白井さんがつぶやく。

「まぁ、そんなわけでさ、俺の場合はがむしゃらに夢に向かっていく人に憧れがあるんだよ。やれる範囲でそいつらを応援してやりたいっていうかさ」

言ってから道草さんは少し照れた。

髪は薄くなり、腹も出て、海千山千の不動産屋社長にしか見えない道草さんだが、内には熱いものを秘めている。五年前、ガレットの店を計画していた多鶴さんにこの場所を紹介したのも道草さんだと聞いた。「なんだ、そのガレットっていうのは。そんなんで商売になるのか」などと言いながら、大家と交渉してくれたという。大学に受かって部屋を探していた詩葉に、安くて静かで、女子大生が安心して住める部屋を探してくれたのも、偶然にも道草不動産だった。

「そういえば、山城さんのアパートも道草さんが管理している物件よね」

白井さんが言った。

「うん。実家は埼玉だったかな。アルバイトをしながら芝居の勉強をするって言うんだ。よくよく聞いたら、大学を中退して親にも勘当されたらしい。おいおい、大丈夫かよと思ったよ」

ふとスマホをのぞいた道草さんが驚いたような声をあげた。

「おい、〈第七講義室〉って山城さんがいた劇団だろ。カワイチもそこの出身だよ」

「あら」

白井さんがそう言ったまま黙った。

「知らなかったわ」

多鶴さんもつぶやいた。

山城さんは間違いなくいい人だ。いい人すぎるくらいに。

急にみんな黙った。そして、それぞれの思いにふけった。

以前、山城さんは自分を芝居の世界に引き込んだ男がいると言っていた。それはカワイチのことではないだろうか。スターとなって光を浴びるカワイチと、いまだオーディションを受けつづける山城さんの顔が交互に浮かんだ。


その晩、店を閉めて片づけを終えたら十二時を回った。詩葉はいつものように自転車で部屋に向かった。

不忍《しのばず》通りを折れて脇道に入ると、道路工事をしていた。そこは抜け道になっているので通行する車が多い。詩葉もその坂道を利用する。

紺の制服を着た交通誘導員が誘導灯で案内をしていた。どうやら迂回《うかい》を頼んでいるらしい。

車の男が窓から顔を見せてなにか言っている。交通誘導員はぺこぺこと頭を下げる。

「申し訳ありません。この先は通れませんので、ご協力をお願いします」

そんなことを言っているらしい。

男がごねている間に、別の車が後ろにつながった。さらに、もう一台。夜の道路に車のライトが光っている。さらにもう一台。わずかの間に車が連なる。

詩葉は車の脇を自転車ですり抜けた。

「おい。なにやってんだよ。工事なんて聞いてねぇよ」

車の男が強い調子で文句を言っている。

「申し訳ありません。ご協力をお願いします」

交通誘導員は教えられた言葉を繰り返す。それしか言えないのだ。その声に聞き覚えがあった。

思わず顔を見る。

山城さんだった。

アルバイトというのは、こういう仕事だったのか。山城さんも詩葉に気づいたらしい。しかし、驚く様子はない。恥ずかしがるのでも卑下するのでもない。

「今、戻りですか。気をつけてお帰りください」

ていねいに頭を下げた。

ブログ〈追憶の地　ブルターニュ〉に新着記事があった。このごろ、更新の頻度が増えている。

〈ブルターニュはかつて、ブルターニュ王国、
そしてブルターニュ公国という独立国だった。

まず、五世紀ごろにブリトン人がやって来て住みつき、
中世に三つの王国に分かれた。
その後、分割したり統合したりを繰り返し、
その間にバイキングの攻撃を受けたり、
フランスと戦争をしたり同盟国になったりし、
一五三二年（日本では戦国時代だ）にフランス王国に併合され、
ブルターニュは州となる。

さらに、フランス革命中の1789年（11代将軍徳川家斉《とくがわいえなり》がいた時代だ）に
ブルターニュ州は法律の上でも廃止され、
五つの県に分割された。

とはいえ、今でも自分たちをフランス人であり、
ブルターニュ人でもあると考えている人は多い。
だから、街の交通標識はフランス語とブルトン語の二つが
同じ大きさで並んでいる。
日本人の自分からすると『紛らわしいよ』と思わないでもないけれど、

それがブルターニュなのだ。
すげーよ。かっこいいよ。
ちょっと人になんか言われると、
『そういうもんか』と流されてしまう自分からすると、
その頑固さがときにうらやましくもある〉

自らについては触れないブログ主が、めずらしく自身の気持ちを吐露している。どんな人が書いているのか興味がわいて、最後までスクロールしてみたが、自己紹介はない。ただ、文の最後にM・Yというイニシャルが入っていた。


翌朝、近くの公園を通りかかると山城さんがストレッチをしていた。毎日の日課なのだ。詩葉は自転車をとめて声をかけた。

「昨日はお疲れさまでした。朝早いんですね」

詩葉は言った。

「眠れないのでそのまま起きていました。このあと、もうひとつ、アルバイトがあるんです。交通誘導員のアルバイトは時間の都合がつくからいいんですよ。まぁ、楽な仕事じゃあないですけど」

当然という様子でさらりと答える。

その晩も山城さんは昨夜と同じ場所にいた。次の晩も。深夜から明け方までの仕事だと言っていた。山城さんはこういう暮らしを十年も続けているのかと、ふと思った。

次の朝も公園でストレッチをしている山城さんに、詩葉は話しかけた。

「山城さん、寝る時間、あるんですか?」

「ありますよ。僕はショートスリーパーというのかな、あんまり寝なくても大丈夫なんです。それに、あの仕事をしていると、いろんな人が通るのを見るでしょう。芝居の勉強にはもってこいなんですよ」

王子様の笑みを浮かべた。

「山城さんの中心にはいつもお芝居があるんですね」

「まぁ、そうですね。僕なんかはもう、どっぷり芝居の毒が回ったほうだから」

「芝居の毒?」

「井上ひさしさんの芝居の中の台詞《せりふ》です。たまたま集まった人たちが……といっても、みんな訳ありなんですけどね……素人芝居をすることになる。最初は仕方なくいやいややっているんだけれど、だんだん芝居の力に引き寄せられる。で、この台詞が出る。『芝居の毒が回ったな』って。元々の使われ方とは少し違うけれど、僕はこの台詞を聞いたとき、やられたって思った。そうなんですよ。芝居っていうのは毒だ。その魅力の前に人は無力になる。抗《あらが》えない」

山城さんは遠くを見る目になった。

「中学や高校の友達はとっくに結婚して子供がいる人も多いです。会うと言われます。役者として成功する人はひと握りなんだから、そろそろやめたほうがいいって。そんなことに無駄な時間を使うより、もっと現実的に考えて今を大事にしたほうがいいって。たしかにそのとおりですよね」

「えっ、そんな……。迷っていらっしゃるんですか」

「迷っているっていうか……、揺れてはいます。誘導灯を振りながら、自分はなにをやっているんだろうって思います。……でも、そういうときにかぎって芝居の話が来たり、オーディションに受かったりするんですよ。ああ、もう少し、芝居の神様が僕に続けてみろって言っているのかなって考えてしまう」

最後のほうは少し恥ずかしそうに答えた。

「そうですよ。きっと、そうです。応援しています」

「そう言ってもらえるとうれしいな。そうだ。明日の晩十一時半からのドラマ見てください。僕が出ています。ほんのちょこっとだけど。台詞もあります」

「必ず見ます」

詩葉は約束した。

店に行くと、めずらしく多鶴さんがスマホを見ていた。

「結城玲央がまたネットで話題になってるのよ」

詩葉も自分のスマホを見ると、関連記事がずらっと出てきた。

「あ、ほんと。〝結城玲央、雲隠れ〟。お店もずっと閉まったままってありますけど」

詩葉はスマホをながめて言った。

「スタッフも雇っていたでしょうに。どうするつもりかしら。そんなことをしたら家賃を払えないじゃないの」

多鶴さんは心配する。

「そもそもの発端は結城さんが浜島ヒロミツをSNSで擁護したことらしいですよ」

「だれ、それ？」

「俳優です。何か月か前、ダブル不倫が発覚してスキャンダルになったんですよ。奥さんとは離婚して、今はテレビに出ていません」

「芸能人の離婚なんてめずらしくないじゃないの」

そのとおりだ。けれど、ヒロミツの場合はその後の対応が悪かった。釈明会見でさらに批判が起こり、元妻に同情が集まった。

「ともかくすごい勢いでたたかれまくったんですよ。もう、公の場には出てくるなとか、彼が出た映画は見たくないとか、不倫された奥さんの辛さが分かっているのかとか。そういう記事はアクセス数が多いから、面白おかしく書きたてた後追い記事がいっぱい出た」

「事務所の力が弱かったの？」

多鶴さんは矢継ぎ早にたずねてくる。詩葉は急いで検索する。

「それは分かりませんけど、とにかく、ヒロミツはみんなからボコボコにされて仕事をすべて失った。結城さんはヒロミツと仲がよかったらしくて彼を弁護した」

——犯罪者でもないのに、寄ってたかってそこまで追い詰める必要があるのか。

「また、よけいなことを……。あ、そういえば結城君も離婚していたわよね」

「そうなんですよ。離婚の原因は結城さんの不倫だってこともあって、同罪のおまえが言うなって言われた」

「あーあ」

店にいやがらせの客が来るようになり、ネットのコメント勢たちはパティスリーやカフェの菓子やサービスの悪口をあれこれとネットに書き込みまくる。それを読んで黙っていられなくなった結城玲央が書いた。

——味の分からない奴は来なくていい。

もちろん、その書き込みはさらなる混乱を招いた。

「浜島ヒロミツってどんな人？　私、知っている？」

多鶴さんがたずねた。詩葉はスマホの画面を見せた。

「ああ、思い出した。シローさん。浜島なんとかは芸名ね。ブルターニュのカフェで働いていた。結城君のパリ時代からの友達よ。へえ、あの人俳優になってたのね」

多鶴さんはそう言うと、遠くを見る目になった。

「私がガレットを習いにブルターニュに渡ったのが二十八。結城君は二十五で浜島君は二十かな。結城君が声をかけてきてくれて、すぐ仲良くなったの。結城君はいつか自分の店を持ちたいなんて言っていた。私はそこまでの気持ちはないって言ったら、そんなんじゃだめだって叱られた。案外、男気があるのよ。面倒見もいいしね。やさしいしハンサムだから、女の子のほうが夢中になっちゃうのかもね」

そんなあれこれが、今回の騒動につながったのかもしれないと、多鶴さんは言った。


山城さんが出るというドラマを、詩葉は仕事が終わってから録画で見た。山城さんが出るということは、多鶴さんや道草さん、白井さんにも宣伝しておいたから、きっともう見ただろうと思いながら。

タイトルが大写しになると、カワイチが猫を抱いて走っていた。カワイチは猫好きの刑事役。いつもぼんやりとしているが、じつは天才的な観察力、推理力、運動能力の持ち主で、わずかな遺留品から犯人を探り当てることができる。山城さんは同僚刑事の役だ。

カワイチは主役だから当然だが、ほとんど画面から消えることはない。全力疾走して階段を駆け上がり、ビルの屋上から隣のビルに飛び移る。アクション場面のカワイチはとてもかっこよかった。それ以上に、ふとしたときに見せる笑顔がすてきだ。カワイチは顎が細すぎるし、目も小さい。背だってさほど高くない。けれど、カワイチはヒーローなのだ。もう少しで犯人を捕まえそうになったのに、車に轢《ひ》かれそうになった猫を助けて犯人を逃してしまう。そのときのしまったという顔に、胸がきゅんとした。三十半ばのはずなのに、どこか大人になりきらない、少年のような雰囲気があった。

詩葉は山城さんのファンのつもりだから、そういう自分に少し腹を立てた。

山城さんは出番こそ少なかったけれど、職務に忠実な刑事を上手に演じていた。

詩葉が頭の中で描く刑事そのものだ。

それをそつなく演じている。可もなく不可もなく。

王子様っぽさはみじんもなかった。それが、彼の役ではあったのだけれど。

詩葉はそのことに少しがっかりした。

もちろん脇役なのだから出しゃばってはいけないけれど、でも、なにかぴかっと光るものがあってもいいではないか。実物の山城さんはあんなにすてきな人なのだから。

録画を見終わっても、なんだかすぐに寝られない気持ちになり、デカフェの紅茶をいれた。

山城さんとカワイチはどこが違うのか。

同じ劇団にいたというから、演技力だってそんなに変わらないはずだ。

そうだ。まじめな刑事役だったから、わざとそれらしく演じていた。カワイチができることは、山城さんにもできる。

今はまだ、役に恵まれないだけだ。いつか、彼にぴったりの役を得て、ブレイクするに違いない。だって、あんなにいい人で、王子様で、一生懸命なのだから。

詩葉はそう考えて少し安心した。

明日、公園で山城さんに会ったら、面白かった、とてもよかったと言おうと思った。

3

翌朝、公園に山城さんの姿はなかった。

最後のお客が帰って、店を閉めようかという時刻に、山城さんがひとりでやって来た。

「すみません、ラストオーダーは過ぎてしまいましたよね」

申し訳なさそうに言った。

「ガレットですか？　いいですよ。まだ、一枚分、生地が残っていますから。もしかして明日、オーディションですか？」

多鶴さんはカウンターの席を勧めながらたずねた。

「オーディションではありません。俳優を廃業することにしました。別の仕事を探します。就職してサラリーマンになります。昨日のオンエアを見て、そう決めました」

グラスをふいていた詩葉は顔をあげて山城さんを見た。

山城さんは青白い顔をしていた。寝ていないのか目が少しはれていた。

「昨日のオンエアを見ましたか？」

「もちろん。道草さんたちにも宣伝して」

詩葉は言った。

「僕はひどかったですよね」

「そんなことはないです。面白かったです」

詩葉は言った。

「ありがとうございます。詩葉さんはやさしいな。僕はリアルタイムの放送で自分の姿を見た。それから録画で繰り返し見た。あの番組の中に、川本聖一はいました。でも、山城裕介は映っていませんでした。よくいる俳優志望の男がひとり、上手に与えられた役をこなしていた。それだけだった。僕はそのことにはっきりと気づきました」

「そんなことないです。山城さんは……」

言いかけた詩葉を制して、多鶴さんは冷たい水の入ったグラスをおいた。

「学生時代、川本と今村という二人が劇団を立ち上げました。それが、第七講義室です。そこを稽古場にしていたからです。今村が台本を書いて演出。川本は役者。僕は川本に舞台装置を手伝ってくれと誘われて、当然それだけではすまなくてスタッフを集めたり、チケットを売ったり、あれこれをやるはめになりました。そのうちに舞台にも立つようにもなった。二年目になると結構ファンがついて、立ち見が出るほどの人気になりました。僕は芝居に夢中になっていた。とうとう留年して、親父に勘当だと言われて大学を中退したけれど、そのまま大学に通って芝居をしていました」

おかしいでしょうとでも言うように、山城さんは王子様のほほえみを浮かべた。

多鶴さんは、山城さんの話にていねいな相槌《あいづち》を打っていた。表情やしぐさで、全身で山城さんの話を聞いている。それに勇気づけられたように山城さんは話しつづける。

「川本と今村が立ち上げた劇団だったから、川本はいつも中心です。そして相手役は僕になった。川本がホームズなら僕はワトソン。川本が宮本武蔵なら僕が佐々木小次郎って具合です。卒業しても芝居を続けていました。劇団員もそのころ十人以上に増えていた。だけど、三年目、二十五歳になったとき、今村が抜けると言った。故郷に帰って、父親の仕事を手伝うことになったんです。それで、みんなで相談して、劇団は解散した。ほとんどは芝居とは別の仕事に就きました」

「でも、山城さんはずっと芝居を続けてきたんですよね」

多鶴さんが言った。

「ええ、芝居を続けると言ったのは僕と川本だけでした。芝居が好きでしたから。それに、第七講義室をそれなりの劇団に育てたという自負もあったし。……なにより後悔したくなかった。四十歳、五十歳になったとき、あのときもう少し頑張っていたら、もっと違う人生があったんじゃないかって思いたくないでしょ。やれるところまでやってみたいと考えていた。それでタレント事務所に入ってオーディションを受けるようになった」

山城さんはぐいとコップの水を飲みほした。詩葉は冷えた水を注いだ。

「僕は苦戦しましたが、川本は案外すぐに役がつきました。そのとき言われたんです。『おまえは向こうが何を求めているか考えるだろう。そうじゃないんだ。俺はこういう奴だ、こういう芝居をするって見せればいいんだよ。それをどう使うかは、監督やプロデューサーの仕事だ』」

多鶴さんがうなずく。

「川本はね、自分の劇団を立ち上げるくらいの男だから、クセが強い。わがままで自信家で魅力があって、人を巻き込む。彼の真似はとてもできない。それに、そのころは、川本の言葉の意味がよく分からなかった。役をもらえなければ役者でいられない。金も入らない。僕は焦って、相手に気にいられようとした。どうしたら刑事らしく見えるか、教師らしいか、研究した、努力した。だけど、僕はなんにも分かっていなかった。昨日の放送でやっと分かった。監督やプロデューサーが求めているのは、絵に描いたような刑事や教師じゃなくて、ちゃんと生きて呼吸している人間なんだ。あの場で見せるべきは、僕という存在だったんだ」

中空を見つめた。

「……僕はもう、自分がどういう役者なのか、どういうふうになりたいのか分からないんです。なにかひとつ見せてくれと言われても、見せるものがない。何年も相手にどう見られるか、気にいってもらえるかばかり考えてきたから、僕は自分の軸を見失ってしまった。それは表現者としては致命的じゃないですか」

淋しげな顔になった。

――だからね、山城さんは王子様で、憧れのテニス部のコーチで、ワトソンで佐々木小次郎なんですよ。

詩葉は思わず声をかけそうになった。

天才肌のホームズを受け止めるよき相棒のワトソン、巌流島《がんりゅうじま》で宮本武蔵に敗北する悲劇の剣士佐々木小次郎。それこそが山城さんだ。どうして山城さんは自分の魅力に気づかないのか。

多鶴さんはじっと山城さんの話を聞いていた。

きっともう少し続けるように助言するだろうと思った。だが、違った。

「山城さんはいい人なのよ。相手の気持ちを考えてしまう。お芝居のことはよく分からないけど、きっとやさしすぎるのね。……とにかく、今、あなたがそう感じたならば、それが正しいわ。今が、そのとき。ひとつのことをやりきって、次のことに進むのね。もう、後悔はないんでしょ」

山城さんの顔がぱっと明るくなった。

「もちろんです。本当はもっと前から分かっていたんですよ。でも、未練があった。それが今の言葉で消えました。面白いほど、すっきりと。もう、いいんだ。芝居をやめても」

多鶴さんが微笑む。赤い髪が揺れた。

「それで、どんなガレットがご希望ですか」

「そうだなぁ。今の僕にふさわしいガレットをお願いします」

「だめよ。そんなんじゃ。あなたはこれから自分の新しい人生を生きるんだから、自分で決めるのよ。言っておくけど、芝居をやめても、あなたの人生は終わるわけじゃないのよ。これからも続くの。これからのほうが大事なの。行く先が変わるだけで旅は続くんだから。なにかに負けたわけでも、失敗したわけでもない。これまでの努力が無駄になることはないわ。そこは間違わないでね。さあ、もう一度聞くわ」

——どんなガレットがご希望ですか。

多鶴さんがたずねる。

山城さんは真剣な顔になった。

メニューをながめ、脇の黒板を見る。しばらく考えてから答えた。

「そうだ。この間も食べたメルゲーズソーセージのガレットをお願いします」

「いい選択だわ。メルゲーズは北アフリカのマグレブで生まれた料理なの。マグレブっていうのはアラビアで日没という意味。それが、辺境の地であるブルターニュに伝わって、今、日出づる国、日本の山城さんのところに届いたわけ」

多鶴さんは自分の言葉のように言っているけれど、最後の部分は詩葉が思いついた台詞だ。

「これから、あなたの第二幕がはじまるのよ。焼きあがるまで、これを飲んで待っていてね。ブルターニュの名物のりんごのお酒、シードル。瓶の中で熟成して味わいが増していくの」

多鶴さんはカンペール焼きの器に金色の液体を注ぐと、山城さんの前においた。それから黒くて丸いクレープパンを取り出すと、ガレットの生地を流した。同時にグリルにメルゲーズソーセージや野菜をのせた。

「私はプロのギタリストを目指していた話をしたかしら」

多鶴さんは手を休めずに言った。

「いいえ、初めて聞きます」

山城さんが答えた。詩葉も知らなかった。

「父はギターが好きでね、六歳の私にギターを教えた。いっしょに演奏ができれば楽しいくらいの軽い気持ちだったのだけれど、私の上達が思いのほか早かったので欲が出たのね。本格的にレッスンをはじめて、あちこちのコンクールに出場するようになった。私は父のことが好きだったし、みんなに褒められてうれしかった。そのころ、コンクールでよく顔を合わせるエリカって女の子がいた。すぐ仲良しになった。最初は、私とエリカは一位を争っていた。私が一位のときはエリカは二位。逆もあった」

香ばしく焼けてきたガレットをくるりと返して、話を続けた。

「……だけど、いつのころからか私はエリカに勝てなくなった。エリカだけでなく、ほかの人たちにも。今日は調子が悪かった、練習が少し足りなかったと、あれこれ理由をつけていたけれど、高校生になるころには大きな差がついてしまった。エリカは奨学金を得て海外留学の道がついていたけど、私は相変わらずその他大勢。どうして？　どこが違うの？　自分でも意味が分からない。練習量を増やしてみたり、今までとは違う曲に挑戦したりしたけれど、変わらないの」

山城さんは真剣な顔で見つめている。

「苦しかったわ。……私は父のいい子でいたかった。父の喜ぶ顔が見たくてギターを弾いていた。期待に添えなくなったら、父はがっかりする。ギターを弾かない自分には価値がないとも思いこんでいたし。そんななかでも練習は続けていたの。練習していれば父は満足していたし、ある日、ぱっと道が拓けるんじゃないかと淡い期待があったから。でもね、だんだん自分でも気づいてきた。エリカにはなにかがあったけど、私にはなかった。いわゆる才能っていうもの。悔しがっても、うらやんでも仕方ないのよ。私は私で、エリカにはなれない。私の道を歩くしかないんだから。……そんな日が続いて、結局、私は音大の試験にも落ちてしまった。そうしたら、手が動かなくなった。体が拒否をしていたのね。自分に正直に生きろって訴えたのよ」

多鶴さんは焼きあがったガレットをカウンターにおいた。やわらかな湯気をあげている。

「ごめんなさいね。この話、食べ終わってからにすればよかったわ。のどに詰まっちゃうでしょ」

「いえ、大丈夫です。続きを聞かせてください。食べながら聞きます」

「そうね。そうして。……それから、あちこちの医者に診《み》せたけれど原因が分からなくて、ストレスからでしょうと言われた。ストレスって便利な言葉よね。父は受験に失敗したからだと思った。気分転換に親子で旅に行くことにした。父と母と私の三人でパリに行った。パリで日本人マダムのいるホテルに泊まったら、食堂の壁にゴーギャンの少女の絵のポストカードが飾ってあった。私、それを見て、思った。

——これは私。私がここにいる。

それがこの絵よ。『ブルターニュの少女たち』」

多鶴さんはメニューの後ろの少女の絵を示した。

詩葉は多鶴さんの横顔を見つめた。この人も、同じ気持ちでこの絵をながめたのだ。

フォークを操る山城さんの手が止まった。

「食事が終わっても食堂に残ってその絵をながめていたらマダムが言ったわ。

——この子、いい眼をしているでしょ。反逆児の眼よ。

私が黙っていたら、また言ったの。

——思いどおりになる人生なんてないのよ。だから面白いんじゃないの。もう、好きに生きたら。誰かのためじゃなくて、自分のために。

それで私は決心がついた。日本に帰ってから父に告げた。自分はプロのギタリストにはなれない。その才能がないことは分かったから、別のことがしたいって。父はそうかと言ったまま、黙っている。予想していたことだろうけど、辛かったと思うわ。父の夢も消えたわけだから」

「苦しかったでしょうね。お父さんも多鶴さんも」

山城さんの顔がゆがんだ。

「僕も長男で、ずっと父の期待に応えてきたんです。だから留年したときは大騒ぎでした。……受験勉強して入った大学なのに、なんで中退をするんだ。芝居なんかやって食っていけるのか。そんな夢みたいなことを考えるな。それでも、僕は芝居がやりたいと言ったら、父は怒って部屋を出ていった。それから会っていないんです」

皿の上にはガレットとメルゲーズが、まだ半分残っている。

「そうね。私も父とは会っていない。母とは連絡をとっているけど。私も父も、お互い意地っ張りなの。ねぇ、だけど、仲違《なかたが》いするってそんなに悪いこと？　昔のホームドラマみたいに、茶の間におじいちゃんとおばあちゃん、孫も集まって食べたり飲んだりするのが理想？　まぁ、そういう人もいるでしょうけれど。……ほかの人と違ってもいいじゃないの。人それぞれよ」

山城さんは驚いたように顔をあげた。

「ブルターニュに行ったら交通標識がやたらと多いの。フランス語とブルトン語の二種類あるから。だけどね、フランスに併合されたのが一五三二年。日本では戦国時代よ。学校でフランス語を習うんだから二種類も標識、いらないでしょう？　だけど、自分たちはブルトン人なんだから、ブルトン語が必要だって頑張った人たちがいるのよ。パリから来た偉いお役人がいやな顔をしても、ブルトン語なんて辺境の地の言葉だなんて嗤《わら》う人がいても負けなかった。どっちが正しいとか、合理的だとか、そういうことじゃないの。理由なんかいらない。自分はこうしたい。それだけでいいの。みんな、人それぞれ。自分らしく生きていいのよ」

多鶴さんは強い眼をしていた。赤い髪が燃えるように見えた。

「芝居をやめるのは負けたからじゃないわ。ひとつの時代が終わっただけ。人生の経験はむだにはならない。次に駒《こま》を進めるときなのよ。人がなにを言おうと、どう見られようと気にしない。胸を張って歩いていって。山城さんは山城さんなんだから」

「そうですよ。山城さんはかっこいいです。以前も、今も、これからも」

詩葉は言う。

「そうだ。そのとおりだ。今、ようやく決心がついた。今、宣言をする。僕はきっぱりと芝居を卒業した。新しい道に進む」

山城さんの頬が紅潮した。目が濡れていた。

「情けないですよね。自分で決めたことなのに、誰かに引導を渡してもらいたかったんですよ」

「あのね。ひとつの夢と決別するのは簡単なことじゃないの。今まで『これだけは』って大切に手の中で温めていたものを手放すのよ。その辛さは、これまでの時間の長さと思いの深さに比例するわ。怖くて、痛くて、淋しいのは当たり前よ」

山城さんは自分の手の平をじっと見つめている。

「観客の拍手、スポットライトのまぶしさ、稽古場の湿った匂い……。それから……、川本のうれしそうな顔。いい思い出ばっかりだ。全部が大事です……。だけど、今、決心しなかったら新しい一歩を踏み出すことができない」

声が震えている。

「大丈夫。ちゃんと乗り越えられるから。私もそうだったから。あのとき決心してよかったって思う日が、必ず来るから」

多鶴さんがぐいと背中を押す。山城さんの口がへの字になった。必死で涙をこらえているのが分かった。

深夜、交通誘導員のアルバイトをしていた山城さんの姿が浮かんだ。理不尽に怒られ、ひたすら頭を下げている。すべては芝居のためだ。

その時間が無駄になる。

どれほど時間が経っただろう。

山城さんが静かな声で言った。

「ありがとうございます。もう、大丈夫です」

多鶴さんはうなずいた。

顔をあげた山城さんは明るい眼をしていた。

「それじゃあ、乾杯。今日という日に」

多鶴さんが三人のグラスに白ワインを注いだ。ワインは光を受けてきらりと輝いた。

第三話

綾子さんと薫さんのシードル

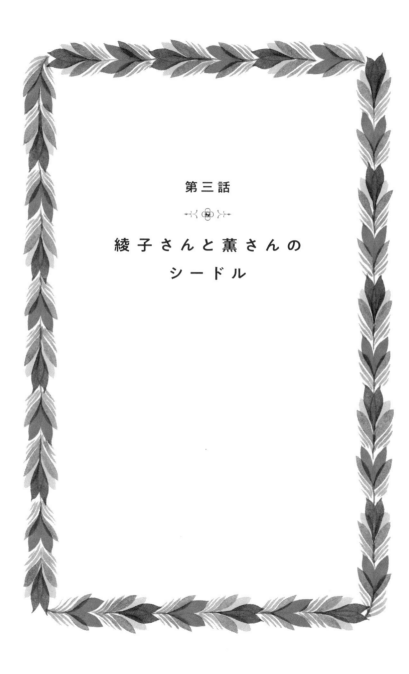

1

「急で申し訳ないんですけど、お休みをいただきたいんです。地元で高校の同窓会があるので」

詩葉は多鶴さんに伝えた。

迷っていた詩葉が重たい腰をあげたのは、山城さんの一件があったからだ。山城さんは勇気をもって新しい道に踏み出した。山城さんの苦悩に比べたら、詩葉の悩みなどささやかなことだ。

いつまで躊躇《ちゅうちょ》しているのだ。過去を悔やんで縮こまっているのだ。

同級生たちから自分だけが取り残されたとひがんでいるのだ。

自分自身を叱咤《しった》した。

もちろん、不安がないわけではない。

高校の三年間、図書室にいることが多かったから、清美のほかには親しい人がいない。友達と呼べるのは清美だけ。高柳先生に会えるのはうれしいけれど。

出席すると清美にメールを送ると、すぐに返事が来た。

〝乾杯しようね！〟と書いてあった。

朝から気温がぐんぐんと上がって、今年最初の夏日になった。

ポルトボヌールの店の裏のミントやカモミールが背丈を伸ばしている。


夕方六時に道草さんがやって来た。

「今日はなにがあるのかな」

いそいそとカウンターに座ると、多鶴さんにたずねた。

「鯖《さば》の燻製《くんせい》があるのよ。脂がのっていて、おすすめ。あとはね、帆立のレモンクリームソース。広島レモンのいいのが入ったのよ」

「じゃあ、鯖だな」

鯖を桜チップで軽くスモークして、サラダとともにガレットにのせた一品だ。レモンをしぼると風味が増す。

「あたしは帆立にするわ」

遅れてやって来た白井さんがオーダーする。帆立とグリーンアスパラをさっと焼いて、レモンと生クリームの爽《さわ》やかなクリームであえてガレットにのせたものだ。海の香りをまとった帆立はもちろん、若い旬のグリーンアスパラガスもいい味わいだ。しかし、なんといっても主役はガレットで、表面をぱりぱりと香ばしく焼きあげたガレットは、帆立やクリームのうまみをすばやく含んでいく。そば粉の風味とともに、口の中でほどけていく。

詩葉も最初、ガレットは上にのっている素材を引き立てる脇役くらいに思っていた。だが、何度か食べているうちに、それは間違いであると気づいた。皿の真ん中にあって、どんな素材も受け止めるガレットこそが主役なのだ。

「やっぱり定番の生ハムかなぁ」

久しぶりに顔を見せた大川さんが加わる。生ハムは多鶴さんが自分で仕込んで、栃木にある、かつての大谷石《おおやいし》の地下採掘場で熟成したものだ。ほどよい湿度と低温で一定している環境が熟成に向くそうだ。その生ハムにいちじく、サラダを添えたガレットである。

「そういえば、根津神社のつつじが見ごろですよね。結構、人が出ていましたよ」

大川さんが言った。

「そうだろ。つつじまつり限定の御朱印を出しているから、それ目当ての人も来るんだ」

三人はそれぞれビールと赤ワイン、ウィスキーを飲みはじめた。

「つつじって難しい字を書くのよね」と白井さん。

「そうそう。『躑躅』だったかな」

大川さんは指で宙に書く。

「てきちょくとも読んで、『行っては止まる』という意味なんだそうです。見る人の足を止めるからって」

「江戸時代、下級武士が内職で栽培して広まった。新宿の百人町《ひゃくにんちょう》の鉄砲組が有名なんだよ」

道草さんも知識を披露する。

それから、つつじはやっぱり紅色が最高だといった話で意見が一致していた。


そのとき、新しい客が入ってきた。男子高校生である。

「こんばんは」

馴《な》れた様子で多鶴さんに挨拶をして奥の席に向かう。

胸にエンブレムのある濃紺のブレザーを着ている。

「あれ？　あの子、この前、見たときは詰襟の制服じゃなかった？」

白井さんがたずねた。

「そう。あの子が着ているのは制服じゃなくて、制服風の私服。自分でデザインして仕立てているの」

多鶴さんが答えた。

竹本庸一《たけもとよういち》こと庸ちゃんは週に二度ほど「商談」と「打ち合わせ」のために、ポルトボヌールにやって来る。詩葉が水とメニューを持っていくと、茶色のバッグの中からノートとパソコンを取り出しているところだった。

庸ちゃんはおしゃれが大好きな高校二年生だ。御三家と呼ばれる、成績優秀な子ばかり集まる中高一貫校に通っている。洋服に興味をもったきっかけは、黒い詰襟制服の袖を直したことだった。日暮里には「ふらっとにっぽり」という区の施設がある。そこではミシンを使って、洋服をつくることができる。庸ちゃんはそこに通い詰め、自分でデザインした服を仕立てるまでになった。

庸ちゃんがつくりたいのは制服である。彼に言わせると、究極の男の服は制服なのだそうだ。育ちのよさそうな坊ちゃん顔の庸ちゃんに制服はよく似合う。

あるときは濃紺の詰襟、またあるときは白のアメリカ海軍士官風。この日着ているのは英国イートン校風制服であるらしい。庸ちゃんの服は仲間内で評判になり、次々に頼まれるようになった。

「本人はソーイングもプラモデルみたいなもんだって言っているけど、たしかに制服を着ているとぴしっとしまって見えるのよね。今時《いまどき》の子は顔が小さくて手足が長いから、よく似合う」

多鶴さんが言う。

「独学でしょ。しかも、男物。すごいわよねぇ。やっぱり頭いいんだ」

白井さんが感心した。

少しすると、男子高校生と見える依頼人がやって来た。詩葉が水を持っていくと、庸ちゃんはパソコンにデザインをアップし、生地見本を見せながら説明していた。商談は順調に進んでいるらしい。バッグからメジャーを取り出して寸法を測りだした。その様子が堂にいっている。

「なかなか頼もしいなぁ」

道草さんがながめている。


その日は一件、予約が入っていた。リボン専門店「アトリエ・リュバン」のオーナー篠塚綾子《しのづかあやこ》さんの席である。七時ぴったりに仕事相手らしい外国人の男女を案内してやって来た。

綾子さんは実家の服飾小物の卸会社をリボン専門店に成長させたことでたびたび雑誌に取り上げられている。四十歳を少し出たぐらい。すらりと背が高く、ベリーショートがよく似合う綾子さんは、今月もお堅い経済紙のグラビアで微笑んでいた。

この日は上質なグレーのパンツスーツの胸にリボンでつくったコサージュをつけている。

綾子さんは流暢《りゅうちょう》な英語でメニューの説明をし、オーダーを取りまとめる。詩葉は、その様子を憧れと尊敬をこめた眼差《まなざ》しで見つめた。

オーダーはグリーンピースのポタージュと生ハムのサラダ。ガレットはそれぞれの好みで、ホワイトアスパラガスやスモークサーモンの具をのせた。ガレットに合わせて酒はシードルである。

ひそかに聞き耳を立てていると、綾子さんは相手の扱うリボンがどんなに美しい色で品質がよく、日本の顧客に満足を与えているかを語る一方で、日本の刺繍《ししゅう》や染めの技をいかしたオリジナルのリボンにも注目してほしいというようなことを伝えていた。

三人はよく笑い、ガレットに舌鼓を打っている。商談はうまくいっているのだろう。

「偉いもんだねぇ。女手であそこまで店を育ててさ。俺は親父さんたちがやっていた卸会社が苦しいのを知っていたからさぁ」

道草さんがつぶやく。

「なかなか、あそこまでの方はいませんよ」

大川さんがうなずく。

「お店行ったことありますか？　色とりどりの、きれいなリボンが天井までディスプレイされているの。手仕事の贅沢なものもあるのよ。聞いたら二万種類もあるんですって」

白井さんも言う。

「商談」がまとまったらしい庸ちゃんと友達が席を立った。綾子さんの脇を通りながら、庸ちゃんが会釈する。

「あら、庸ちゃん、久しぶり。ここで、お勉強？」

「違いますよ。知っているくせに。制服の注文を受けていたんです。襟のところ、リボンをつけたんだけど、どうですか？」

庸ちゃんは着ているブレザーの襟を見せた。グレーのブレザーの襟に紺の細いシルクのリボンを縫い付けてアクセントにしている。

「あら、すてきじゃない？　ちょうどよかったわ。紹介させて」

綾子さんは「この人は息子の友達で、うちのリボンを使って服をつくっている」というようなことを説明した。二人は庸一さんのブレザーをながめ、これはいいアイデアだというように感心している。

「デザイナーになるのかって聞いているわよ。そのときは、うちのリボンを使ってくれって」

庸ちゃんは大いに照れて、英語で礼を言っている。さすが御三家である。さらりと英語が出てくる。

「ここで会ったことは、あの人には黙っていてくださいね。自習室で勉強していると思っているんで」

そう言って庸ちゃんと友達は帰っていった。

2

〈追憶の地　ブルターニュ〉のブログタイトル部分が少し変わっていた。

海辺の風景に文字がかぶっている。

〝D'où venons-nous? Que sommes-nous? Où allons-nous?〟

フランス語らしいが、意味は分からない。

内容もブルターニュ以外のことが書かれていた。

〈ずいぶん以前のことだ。
秋田県の古い友人の店を訪ねたら、
某食品会社からファックスが届いていた。
〝クイニーアマンのつくり方〟とあった。

父親は和菓子職人で友人は洋菓子を習った。
饅頭《まんじゅう》とだんごとプリンとシュークリーム、クリームパンが並ぶ店である。

こんなふうに流行はつくられるのかと驚いた。
ティラミス、タピオカ、生キャラメル、トゥンカロン、マリトッツォと
目まぐるしく流行が変わる。そして、消えていく。
消費される。
まさしく、食いつくし、飽きたら捨てるのだ。

例のクイニーアマンも作りやすい材料とやらに変わっていて
(つまり、バターの代わりにマーガリンとか、お好みでチョコレートをのせてもとか)

で、見かけはそれらしくなるだろうけれど、

ブルターニュのものとはまったく違ってしまった。

たとえばね、どこかの国に行ったらだんごが人気で、あちこちで売られている。

けれど、だんごらしさは串《くし》に刺してあるという一点だけで、

食べるとふにゃりと歯ごたえもなにもなく、

妙なソースのようなものがかかっていたら、怒らないか？　頭にこないか？

その土地の人々に長く愛され、大切にされてきた菓子を

めちゃくちゃにして使い捨てている。それが、日本の菓子業界なんだぜ〉

怒っているらしい。

ずいぶん過激だ。

反論コメントが来たりしないのか、心配になって閲覧数のカウントを見たが、もともとたいして多くなかった。

以前ののどかなフランスの観光案内がいいのにと、詩葉は少し残念に思った。

日曜日の午後、テーブル席には中年女性の三人連れが来ていた。クレープをオーダーしてにぎやかにしゃべっている。

扉が開いて綾子さんが入ってきた。スポーツクラブの帰りなのだろう。黒のポロシャツにスウェットパンツ、肩から大きなバッグをさげている。

「あら、アヤじゃない」

女性客のひとりが華やかな声をあげた。

「ああ、カオル？　どうしたの？」

「このお店、一度来てみたかったのよ。だから、マキやテンコを誘って来てみたの。ねぇ、いっしょにお茶しない？」

綾子さんも合流した。

「久しぶりよねぇ。アヤはクラス会も全然出てこないでしょ」

「ごめんねぇ。いつも、ちょうど打ち合わせと重なっちゃうのよ」

声をかけたのは竹本薫《かおる》さん。明るい色のブラウスに肩までの髪。カジュアルな服装だが、時計もバッグもブランド品だ。二人のお仲間もやはり、それなりの服装をしていた。

「テニス部のみんなとは時々会うのよ。アヤの話も出るわよ。リボンの会社で大成功したんでしょ。雑誌で見たわ」

「大成功なんて、恥ずかしいわよ。女性経営者は少ないから、めずらしがられて話題に取り上げてもらうだけ」

綾子さんは少女のように頬を染めた。

「ねぇ、高校の最後のテニスの試合のこと、憶えている？　アヤのボレーが決まって三位入賞」

「あのときは、すごかったわよねぇ。学校はじまって以来だって先生たち大喜びで校門の脇に横断幕が出たじゃないの」

「うちの学校は運動はからきしだもの」

「私だって勝てるとは思わなかったわ。向こうは体も大きいし、日に焼けた色の黒さが違うのよ。練習量が桁《けた》違いなのよね。目をつぶって、エイッてラケットを振ったら決まっちゃった」

「アヤはそういうところある。昔から勝負強いのよ」

「カオルこそ肝が据わっているのよ。戦略家でもあるし。向こうはこっちを甘く見ているから、とにかくボレーで攻めろって言ったでしょ」

四人は女子高生に戻ったように、高い声で笑う。

そのうちに子供たちの話になった。

「カオルのところは安心よね。庸一君は御三家で成績優秀なんでしょ」

「優秀じゃないわよ。まぁ、ほどほどってところ。趣味はファッション。自分で服を縫ってるの。男の子なのに変わっているでしょ」

「今時、男の子だから、女の子だからなんて流行らないわよ。余裕があるのね。そういう子はスイッチが入ると伸びるのよ」

「だったら、いいんだけど」

「そんなこと言って。本当のところは医学部狙いなんじゃないの？」

「まさか、まさか」

「カオルは成績よかったものね。庸一君はカオルに似たんじゃないの」

「暗記が得意だったわね。また、ヤマがよくあたるのよ」

「だからね、授業のとき、先生の様子を見ているとどこがテストに出るか分かるのよ。簡単なことよ」

「そんなの分かんないわよ」

「マキは授業中、ほとんど寝ていたもんね」

「ひどーい」

楽しそうに笑う薫さんの目元が庸ちゃんとよく似ていた。

竹本薫さんと庸ちゃんは親子なのだ。そして薫さんは庸ちゃんのファッション熱がもはや趣味の域を超えていることに気づいていない。

夕方も近くなり、そろそろ庸ちゃんが商談に来る時間である。薫さんと庸ちゃんが鉢合わせしないか、詩葉は心配になってきた。

綾子さんは話に加わらず、少し困った顔をしていた。

話は受験のことになった。

「親がそれなりのレールを敷くってことは大事だと思うのよ。とくに中学受験はね。頑張るのは本人だけど、学校選びとか試験日程の調整とかは大人じゃなくちゃできないもの」

薫さんはいかにやる気を持続させ、中学受験を成功させたかを語りだした。

「だってね、本命がAとするでしょ。BとCの試験のほうが先なのよ。最初のほうの試験で体力、気力を使い果たしちゃったらまずいでしょ」

「さすがよねぇ。キャプテンは違う」

テンコさんが持ちあげてみんなが笑う。

「中学受験は大学入試のためのもの、大学はその先の将来のためだもの。親にはその責任があると思うのよ。アヤもね、仕事が忙しいのは分かるけれど、もう少し大輔《だいすけ》君のことちゃんと見てあげないとかわいそうよ」

強い調子で薫さんが言った。

「分かってはいるんだけどね。中学受験のときも、高校受験のときも私自身も会社も大変でそれどころじゃなかったから。なにしろ、うちは一馬力だから」

綾子さんが答えた。まだ、なにか言いたそうな薫さんを抑えて、ほかの二人が肩をもった。

「そうよねぇ。これだけ仕事で忙しいんだもの。仕方ないわよねぇ」

「元のご主人との離婚のときだって、大変だったものねぇ。いいのよ、いいのよ。アヤは頑張ってる」

それからまた思い出話になった。

薫さんは成績も優秀で大学卒業後は商社に入社した。バリバリ仕事をしていくと宣言していたのに、翌年寿退社。以来、専業主婦である。

一方、綾子さんの将来はぼんやりとしたものだった。結婚して子供を持つ。会社を継ぐ気などさらさらなかった。

「それなのに、なんでリボン会社を継ぐことにしたのよ」

マキさんがたずねる。

「考えてみたら、私は子供のころからリボンが好きだったのよ。艶《つや》のあるサテンのリボンや横畝《よこうね》のあるグログランリボンやひらひらしたレースのリボンをもらって、大事に箱に入れてしまっておいた。プレゼントにはリボンがつきものでしょ。リボンは人を幸せにするものなの。会社をたたむって父に言われたとき、それはいやだって答えた。私がやりますって。言っちゃったからには仕方ないでしょ」

三十代半ばで大輔は小学生。夫は会社員だった。

しかし、それから後が大変だった。そのあたりのことはたびたび雑誌で語られている。

――悪いけど、お嬢さんの遊びにはつきあえないよ。

そう言って去っていった社員がいた。

銀行に行くと、担当者が言った。

――陰に本当の社長がいらっしゃるんでしょ。その人と話をさせてください。

――パトロンがいるっておっしゃりたいんですか。失礼じゃないですか。

綾子さんは詰め寄った。

流れが変わったのはオンラインショップをはじめてからだ。よそでは扱っていない高級路線にシフトして人気に火がついた。売り上げはあがり、綾子さんの忙しさも増していく。ある日、気づいたら夫婦は壊れていた。

「でも、なんだかんだ言ったってアヤは大成功よ。おめでとう。大輔君もそういうお母さんを見ているんだもの。やってくれるわよ」

薫さんのそんな言葉が出て最後は笑顔で解散になった。

なんとか薫さんと庸ちゃんの鉢合わせは避けられたようだ。詩葉はほっとした。

その日の夜も〈追憶の地　ブルターニュ〉が気になってのぞく。
前回の書き込みは削除されて、新しい書き込みが加わっていた。

〈ブルターニュは画家たちにインスピレーションを与え、
　新しい画風を生み出した。

ポンタヴァン派といわれる人たちだ。その中心がゴーギャンだ。

株の仲買人だったゴーギャンは三十五歳のとき、
画家として身を立てることを決意した。
物価の高いパリから逃れ、ブルターニュのポンタヴァンという村に着く。

女主人が経営するグロアネック旅館と呼ばれた宿があり、
そこにはシャルル・ラヴァル、エミール・ベルナール、ポール・セリュジエなど
無名の画家や若い画学生が住んでいた。
互いに切磋《せつさ》琢磨《たくま》し、のちにポンタヴァン派と呼ばれるようになる人々だ。

ゴーギャンは彼らと交流しながら、
ブルターニュの風景や人々の暮らしを絵にした。
ゴーギャンの作風の礎《いしずえ》がつくられた場となった〉

内容も文章も以前のものとは違う、硬い感じがした。ブログ主に心境の変化があったのだろうか。

二日ほどして、綾子さんがふらりとひとりでやって来て、カウンターに座った。初夏の空は薄青く、まだ明るさを残した時刻だった。生ハムのガレットを食べながら綾子さんは言った。

「ここに来てガレットを食べるとほっとするわ。なぜかしら」

ひとつ席をおいて道草さんと白井さんが座っている。

「ガレットはそういう食べ物なんですよ。ブルターニュの郷土料理だし、私が主にいたのはル・プルデュって田舎《いなか》のほうだから」

多鶴さんが答えた。

「名前を聞いたことがあるわ。なにか有名なものがある？」

「画家のゴーギャンが二年ほど滞在していたんです。風景画をいくつも残しています。メニューの裏にあるのも、そのひとつ」

黒い頭巾をかぶった少女の絵のポストカードを見せた。

「かわいいわね」

「かわいいですか？　どっちかっていうと憎らしくないですか？」

詩葉は思わずたずねた。

「子供はみんなかわいいわ。母親にとってはとくに」

綾子さんは微笑み、その様子を道草さんと白井さんがちらりと見た。

グラスの中で金色のシードルが小さな泡を浮かべていた。

「商談」を終えて帰り支度をしていた庸ちゃんが近づいてきて、言った。

「すみません、ちょっといいですか？　相談したいことがあるんです」

「商談のこと、とうとう、お母さんにバレちゃった？　この前、お友達とこのお店に来たのよ。鉢合わせするんじゃないかと、ひやひやしたわ」

綾子さんがいたずらっぽい目をした。

「えっ、そうなんですか？　それは知らなかったなぁ。……だけど、相談はそのことじゃないんです。僕、会社をつくろうかと思っているんですよ」

「会社？　どうして？　だってまだ高校生でしょ？」

綾子さんが驚いて聞き返した。庸ちゃんは「失礼します」と言って隣に座る。この日の庸ちゃんはグレーの丈の長い詰襟を着ている。中国服のようなくるみボタンがついていた。

「海外では十代でも会社を立ち上げて、成功しているんですよ。主にＩＴ関連ですけど。僕もそういうの、やってみたいなって思って」

やっぱり東京の高校生は違うと詩葉は驚く。いや、庸ちゃんだからか。

「会社って洋服の？」

「そうです。友達が僕のつくった服を着てインスタにあげていたら、結構話題になって僕のところにいろいろ問い合わせが入るようになったんです。日本だけじゃなくて、海外からも……。それで本格的にはじめてみようかと。とりあえずは学校にもちゃんと行くし、卒業もするつもりですけど」

「つまり、デザイナーとして服を仕立てるの？」

「それとはちょっと違うけど……、まあ、大きくいえばそういうことになるのかな」

庸ちゃんは笑って丸縁のサングラスをかけた。たちまち、映画に出てくる中国マフィアが出現した。

「似合うけど……なんか、怪しい奴みたい」

「これで外を歩くと職質受けます」

庸ちゃんは笑った。

道草さんと白井さんは会話をやめて、二人の話を聞いている。

「ねぇ、カオルにはそのことを言った？」

「いえ、まだ……。だって、言えるわけないでしょ。あの人が考える未来はそういうことじゃないんだから。昨日も言われたんですよ、まじめな顔で。『ねぇ、医学部もいいんじゃない？』なんて」

「成績いいのねぇ。うらやましいわ。手先が器用だから、外科医に向くんじゃないの？」

綾子さんが微笑む。

「まじめに考えてくださいよ。あのね、医者っていうのはそういうふうに、ちょっと成績がいいからってなるものじゃないでしょ。それなりの志がある人が医者になるべきなんです。僕の取り柄は暗記が得意なこと。それだけ。数学の問題も解き方を暗記しているんです。そういう勉強の仕方は効率がいいけど、入学してから壁にぶつかります」

――そこに気づく君にこそ、医者を目指してもらいたいね。

白井さんが小さくうなずく。

「起業はともかく、服はだめです。今着ている服だって嫌いだと思うし、そもそもものづくりってものを理解していないから」

「そうねぇ。カオルはショックを受けるわね。庸ちゃんはあの人の希望の星だから」

「そうなんですよ。あの人は先々まで考えて計画を立てる人でしょ。小学校四年で塾に入れたときには、僕のかわりに十年、もっとその先のことまで考えていた」

「庸ちゃんもちゃんと応えてきたじゃないの。中学受験で志望校合格、高校でも成績優秀。そりゃあ、カオルは期待するわよ」

「あの人が喜ぶのを見るのがうれしかったんですよ。九九を覚えたり、漢字を習ったり、いっしょにやってきたから。夏休みには多摩川《たまがわ》の源流をたずねたり、鉄道の歴史を調べたりした。僕が興味をもつようなことを用意して、学ぶ気持ちを伸ばしてくれた。子供のころのことを思い出すと、本当によく手をかけてもらったなって気づくんです」

「やさしいのね。くそババア、死ねなんて言わないの？」

「うん。言わない」

「大輔は言うわよ。この前は自分の部屋の壁に穴をあけた」

「いいなぁ。僕もそういうふうに暴れればいいのかな。そうしたら、あの人は気づくかもしれない」

短い沈黙があった。

多鶴さんが庸ちゃんにたずねた。

「なにか飲みますか?」

「じゃ、同じものを」

庸ちゃんはシードルを指さす。

「だめよ。これはお酒なんだから」

綾子さんが叱り、庸ちゃんは「バレちゃった?」という顔になる。

多鶴さんは笑ってガス入りのミネラルウォーターをおいた。

「すてきなご主人がいて庸ちゃんみたいないい子が育って、カオルほど幸せな人はないって思っていたわ」

「あの人は思いどおりにならない道を歩いてきたって思っていますよ。本当は外で働きたかったって。でも、結婚して、父親は家にいてほしいって人だから、会社を辞めて専業主婦になった。それでも資格のための勉強もしていたんですよ。僕が小学校にあがったら仕事に復帰しよう、中学受験が終わったらって考えているうちに、おじいちゃんの介護がはじまった」

「外で働くのは、いいことばっかりじゃないのに」

「綾子さんのようになりたかったんです。記事が載っている雑誌は必ず買います。そのくせ、読まない。積んでおくだけ。対抗意識があるんですよ。僕の教育に力を入れることで、釣りあいをとっているんじゃないのかな」

庸ちゃんは冷静に分析する。

——アヤもね、仕事が忙しいのは分かるけれど、もう少し大輔君のことちゃんと見てあげないとかわいそうよ。

詩葉は強い調子になった薫さんの表情を思い出していた。

「そこまで言っちゃだめ。カオルだったら、うちの会社はもっと大きくなっていたわ。本当にすごい人なのよ」

「……そうですよね。言いすぎました。伝えたいのはね、僕は、あの人の期待に添えなくなってきている。それは、あの人の努力を否定することでもあるでしょ。怒りますよね」

多鶴さんがちらりと庸ちゃんの顔を見た。多鶴さんも父親に期待され、その腕から飛び立っていった人である。

「がっかりはするでしょうね。でも、言わなくちゃだめよ」

綾子さんがきっぱりと言う。

「分かってます」

庸ちゃんは答え、二人は黙ってしまった。

詩葉もまた母を思い出していた。

母は教師だった。長く仕事を続けたかったのに詩葉に手がかかり、続けられなくなってしまった。その分、娘たちの教育に熱心だった。

姉の沙織は母の思うように育ったと思う。勉強は優秀でスポーツ万能。クラスの人気者だった。

詩葉は引っ込み思案で、いつも姉の陰に隠れていた。読書好きと言えば聞こえはいいけれど、友達も少なく、図書室にいることが多かった。

母は詩葉に教師になることを勧めた。

女性に向く、安定した職業だからと言った。自分が続けられなかったことを、詩葉に託したともいえる。けれど、詩葉は一般企業に就職して、そこも一年で辞めてしまった。母は落胆しているに違いない。

「あのさ。ひとつ、言わせてもらっていいかな」

道草さんがおずおずと話しかけた。

「いや、ほら、よけいなことだとは思ったんだけどさ、俺も人の親だから。親の気持ちを代弁したいわけ。……あのね、親はとにかく自分の子供に幸せになってほしいわけ。それで、自分のささやかな経験から、こうしたほうがいいなって道を示す。人生の先輩として。だけど、あんたにはあんたの進みたい道がある。あんたの人生なんだ。自分で選べる。選んでいいんだよ。それが大人になるってことだ」

「そうですよね」

「あんたは素直で頭もいいから、期待どおりの道を進んできた。だから、あんたの親御さんは、これでいいんだ、この方針で進もうって自信をもっちまったんだよ。俺なんかはさ、息子が小学校に入るぐらいで気づいた。ああ、うちの子はたいしたことねぇなぁ、しょうがねぇ、俺の子だもんなって」

　ははと笑う。

「親の期待どおりに育つ子なんかいないんだよ。みんなどっかで裏切る。そういうものなんだ。世の中は進んでいるし、親子だって別々の人間だ。描く夢も違うんだ。傍《はた》から見たら、うまく代替わりしているように見えるかもしれないけど、中じゃいろいろあるんだ。若い人は知らないだろうけど、バブルっていう不動産業界にとっちゃ台風みたいな時代があって、その後、インターネットが普及して商売の仕方が変わった。地域密着型の不動産業は古いなんて言いだす人もいた。俺も親父の期待を裏切ったし、息子もそうだ。しょうがないんだ。そういうもんだ。なあ、多鶴ちゃんだってそうだよな」

「まあね、そういうもんよ」

　多鶴さんが明るく答える。

「ともかく、早く、あんたの気持ちを伝えるんだな。遅くなるほどこじれるから。その会社ってやつ？　うまくいけば、お母さんも喜ぶよ。応援してくれる」

庸ちゃんは黙って道草さんの話を聞いていた。利発そうな眼差しが揺れていた。

「ありがとうございます。そうですよね。分かりました。……でも、言葉で伝えるのって難しいですよね。会ったこともないネットの友達だったら、どんなこともしゃべれるのに、近くにいる人とはできないいんだ。親とまじめな話をするのなんか、何年ぶりだろう」

「そうだよ。みんな、そうさ」

道草さんはやさしい眼をした。綾子さんもうなずいている。白井さんも、多鶴さんも。そして詩葉も。

「はい、がんばりまーす」

庸ちゃんは元気な声で応え、ていねいに礼を言った。入り口のところで、くるりと振り返った。

「大輔も話したいこと、ありそうですよ」

「そうね。聞いてみるわ」

綾子さんは笑みを浮かべた。

3

同窓会は長野駅前のホテルが会場だった。

詩葉が会場に着くと、もう、みんな集まっていた。

「よく来たねぇ。会いたかった」

清美が見つけて走ってきた。

「あれ、あんた、髪の毛染めた?」

「いやぁだ。昔のまんまだよぉ」

清美は答えた。

黒髪ばかりの高校時代、清美の髪の明るさは目立っていたが、あらためて見ると、少し赤みが強いぐらいである。大人になってもちまちまとした目鼻のついた小さな顔に、白いうなじ、細い腰は変わらない。あのころは気づかなかったが、清美には不思議な色気があった。教師が心配したのは、赤い髪だけではなかったのかもしれない。

「あれぇ、詩葉ちゃん、来てくれたの?」

ほかの同窓生が見つけて集まってきた。

「ほんと、懐かしいねぇ」

「十年ぶりかぁ。変わらないよね」

「今日、来るって聞いて楽しみにしていたんだよ」

そんな言葉をかけられた。

「すっかり東京の人だねぇ。あか抜けている」とまで言われた。

壁の花になるのだと思っていたから、詩葉はとまどった。

久しぶりなので顔は分かっても名前が出てこない人もいたし、まるで変わってしまって誰だか分からない人もいた。とくに男子は太ったりやせたり、額が後退したりで変わり方が激しい。

東京や横浜はもちろん、関西からも駆けつけたという人たちがいる。

結婚して子供を持った人もいれば、そうでない人もいる。仕事も会社員だけでなく、刑事や消防署員、美容師や料理人となって自分の店を持った人もいる。もちろん専業主婦もいた。いろいろだ。

遠くから詩葉を見つけて、ミサキとシオリがやって来た。

高校一年の春、耳で覚えたネイティブの英語の発音を真似た詩葉を、気取っていると陰口をきいたのは、この二人だ。それをきっかけに、詩葉は図書室に通うようになった。

さらにその秋、体育祭の結果にからんで、クラスを二分するような諍《いさか》いがあった。

どっちつかずの態度をとっていた詩葉を強い調子で責めたのは、やっぱりミサキとシオリだ。

すでにミサキはクラスのボス的な存在になり、シオリはいつもミサキといっしょにいた。二人に追及されて詩葉はクラスの中で孤立した。

現在、ミサキは離婚して独りになり、シオリはシングルマザーになったと聞いていた。

詩葉は思わず身がまえた。

「久しぶりだねぇ。東京にいるんだって？　なにをしているの？」

ミサキは明るい声でたずねた。

「ガレットとクレープの店で働いている。まだ、勤めはじめたばっかりだけどね」

そう答えると、体から力が抜けた。

「わぁ、おしゃれ。雑誌に載るようなお店？」

シオリが聞く。

「違う、違う。店主がつくって、私が接客」

詩葉も負けずに明るい声をあげた。あのころ、ミサキとシオリは眉根を寄せてなにか言いたそうにじろりと見た。二人との間にはけっして飛び越えることのできない黒々とした線が引かれているように感じていた。

今、目の前にいる二人にはそのころの面影はない。

ミサキはゆるいウェーブをつけた髪にウエストをしぼったスーツを着ていた。シオリはショートカットで花柄のワンピースだった。

「いいなぁ。東京。こっちは景気悪くてさぁ」

ひとしきり仕事の愚痴を言った。

英語の発音のことも、体育祭のときのあれこれも、二人はすっかり忘れてしまったようだった。ミサキはすぐに詩葉から離れ、男子たちに囲まれて笑っていた。シオリからは谷中の有名なパティスリーについて聞かれた。

「モンブランが有名なんでしょ。食べたことある？　いっつもすごい行列なんだって？」

たわいもないおしゃべりをして笑った。

自分は一体なにを恐れ、ためらっていたのだろう。

詩葉は不思議だった。気づけば、胸の中にあった固いものが溶けていた。


高柳先生は奥の席に座っていた。談笑する人の波が切れたところで挨拶に行った。

「まぁ、詩葉さん？　お久しぶり。どうしていたの？」

白髪が目立ったが、昔と変わらない穏やかな声だった。話は図書室のことになる。

「先生に勧められて、『赤毛のアン』や『あしながおじさん』や『若草物語』を読んだこと、よく憶えています」

「厚い本なのに偉かったわ」

「もちろん全部じゃないですよ。飛ばし飛ばし。ストーリーが分かっているんだから、知らない単語が出てきてもどんどん進みなさいって言ってくれたのは先生ですよ。本の中の女の子たちはみんな元気で、思ったことを言葉にするのが、かっこよかったです」

「あなたも、そういうふうにすればよかったのに」

高柳先生が微笑む。

やさしい顔で鋭いことを言うのが、高柳先生だ。詩葉は言葉に詰まった。

「まわりの人のことを気にしすぎちゃうのよね。それで疲れちゃう。私も昔、同じように悩んでいたから、詩葉さんのことが気になっていたのよ」

それで声をかけてくれていたのか。詩葉は顔を見つめた。

「仕事に就いても、結婚しても、その性分のせいで苦労したわ。でもね、気づいたの。どんな意見にも反対の人がいる。……仕方ないのよ。人それぞれ立場が違うんだから、全員が同じ意見にはならないの。それでいいのよ。あなたはあなた、私は私。遠慮したり、自分を曲げたりする必要はないわ」

「このごろ、やっと私もそう思えるようになりました」

「そうよ、そう。機嫌を悪くする人がいても、しょうがないの。そもそも、私が英語を好きになった理由はそこなのよ。アンもジュディもジョーも自分を通すじゃないの。私はこれが好きだ、こうしたいって、ちゃんと主張するでしょ」

「でも、実際は難しいですよね。私はアンやジュディやジョーのようにうまく自分の気持ちを言えなくて図書室に逃げてしまいました。この前、清美に言われたんです。あそこは居心地がいいけれど、あるのは本ばかり。だから清美は図書室を出て、自分の人生を生きることにしたんですって」

「まぁ、頼もしいわね」

「はい。だから、私も勇気を出して『図書室』を出ようと思っています」

「あら」

先生はそこで意外そうな顔をした。

「居心地のいい場所を探すのはそんなにいけないこと？　猫はいつも、気持ちのいい場所で寝てるじゃないの。どこでも上手に生きていける人もいるし、なかなかうまくいかなくて、居心地の悪さを感じる人もいるのよ。そういう人は、注意深く自分の場所を探すの。そして運よく見つけられたら、その場所を大事にするの。あなたの人生なんだもの。あなたらしく毎日を過ごすのが一番。誰かのためにじゃなくて、自分のためよ」

先生はやさしい眼をしていた。

詩葉は胸をつかれた思いがした。赤い髪と強い眼をした多鶴さんの顔が浮かんだ。毎晩やって来ておしゃべりをしていく道草さんや白井さんが浮かんだ。

「分かりました。もしかしたら、私はそういう場所を見つけたかもしれません」

うれしくなってポルトボヌールの話をすると、先生は喜んだ。

「すてきね。今度、私も食べに行きたいわ」

一次会の後、清美と近くのカフェに行った。清美は夫と子供の話を楽しそうに話した。それからあのころ、図書室で読んだ本の話になった。

「『あしながおじさん』の中に糖蜜《とうみつ》キャンディーっていうお菓子が出てきたでしょ。おいしそうだったよね。それから、ファッジも。クリームとバターでつくるの」

清美は会場でデザートのケーキを全種類食べたのに、まだ甘いものが欲しそうな顔をした。

「レモンゼリーのプールで泳げるかって話もあったでしょ。体育館のプールいっぱいにレモンゼリーをつくったと仮定するわけ」

友人のサリーは泳げる説で、ジュディは「いかなる達人も沈んでしまう」と主張した。

それから清美と詩葉も『赤毛のアン』の中のアップルパイやさくらんぼのパイ、生姜《しょうが》入りビスケットについて語り合った。クラスメイトの顔は忘れていたのに、本のことは憶えているのが不思議だった。

「今日は楽しかったね。詩葉に会えてよかったよ。本当はさ、何度も誘って、いやがられてるんじゃないかと心配していたんだ」

「うん。まあ、いい加減にしろとは思ったけどさ」

「ええっ。やっぱり、いやだった？」

清美は大げさに驚いて見せる。

「あんた、昔っからそういうとこあったよね。自分がいいと思うと、私に押し売りする。かりんとうとかさ、食べろ、食べろって」

「押し売りじゃないよ。勧めているだけだよ。詩葉だって、あのかりんとう、おいしいってたくさん食べたよ。あのね、好きなものは一人で味わうより、二人でおしゃべりしながら楽しんだほうがいいんだよ」

図書室でこっそり食べたかりんとうの甘さが思い出された。それは清美のやさしさで、二人の大事な時間だった。

急に胸がつまって涙が出そうになったので、詩葉はあわててコーヒーを飲んだ。

「高校のときは、いいことなんかひとつもなくて、早く卒業したいと思っていたけどさ。今思うと、結構、楽しかったね」

清美が言った。

「そうだね。今日、ここに来たら、そう思えた」

「そう？　詩葉もそう思う？」

「そうだよ。清美に会えたし、高柳先生がいた。この前、清美は図書室にあるのは終わった話ばっかりだって言ったけど、そんなことないよ。私はあの場所でたくさんの物語に出会った。いい言葉をたくさん知った。あの場所があったから、今の私がある。あそこは、私たちの繭《まゆ》だったんだ。大人になる準備をしていたんだよ」

清美は一瞬、なにを言われているのか分からないという顔になった。次の瞬間、ぱっと輝いた。

「そうかぁ。そういう考えもあるよね。じゃあ、あれは、あれでよかった。無駄じゃなかったんだよね」

「もちろんよ。高柳先生もそう思ってくれているよ」

「高柳先生もそう言っていたの？　そうなんだ。あたしたちに必要な時間だったんだ。……あたしはさ、ずっとあの三年間を消してしまいたいと思っていたよ」

突然、清美の頬が染まった。口がへの字になった。

「なによ、泣いてるの？」

「泣いてなんかないよ。……だけどさぁ。やっぱり、ちょっと悲しかったんだよ。クラスのみんなが文化祭だ、体育祭だって浮かれていても、あたしはいつもあの図書室にいた。夏の大会に向けて部員一丸となって練習に励むとか、徹夜で討論するとか、雑誌を真似ておしゃれしたり、なんとか君がかっこいいって噂したり、こっそりデートしたり、そういうことはひとつもなくて……。そりゃあ、詩葉がいてくれたけど、でもさ……」

「分かるよ。そうだよね」

詩葉は清美の手を取った。

以前、電話で清美が「図書室を出た」と言った意味がようやく分かった気がした。

清美も、本の主人公たちのような若者らしい熱い日々を夢見ていたのだ。

けれど、図書室の二人にそうした機会は訪れなかった。十五の春も、十六の夏も十七の秋も静かに過ぎていったのだ。

「あれはさ、私たちに必要な時間だったんだよ。全然、無駄じゃないよ。大切な、愛《いと》おしい時間だったんだよ」

詩葉は自分に言い聞かせるように、もう一度強く言った。

「そうだよね。そうだよ。ああ、よかった。今日、詩葉に会って。ずっと胸にあった固いものが溶けた気がする」

詩葉と同じように、清美もまた、高校時代の痛みをずっと抱えていたのだ。なんと長い時間だったのか。

カフェを出ると、駅前の人通りは絶えて静かだった。清美が車で実家まで送ってくれた。

幹線道路には、トラックや乗用車が行き交っていた。清美は慣れた様子でスピードをあげた。チェーンレストランやラーメン店の前を通り、大型ショッピングモールを過ぎると、暗い畑が広がり、はるか向こうに山が連なっていた。

「遠くに山があるのっていいね。落ち着く」

詩葉が言うと、清美は声をあげて笑った。

「すっかり東京の人になっちゃってぇ」

久しぶりの実家に戻ると父と母が待っていた。

実家の居間は詩葉が大学入学で東京に行ったときと、ほとんど変わっていない。唯一変わったのはテレビが大きく薄型になったことくらいだ。

詩葉の顔だけ見て父が休んだ後も、母親は同窓会の様子を知りたがった。詩葉は清美や高柳先生に会ったことを話す。

「高柳先生とたくさんしゃべれてよかったねぇ。あの先生は、ずっとあんたのことを気にかけてくれたものねぇ。……先生にとっても成長した教え子と会うのはうれしいもんだよ」

それから自分の話になった。

「先生っていうのはいい仕事だよ。あんたも、今からでも先生になれば。せっかく教職だってとったんだから」

いつものことだから、今までだったら聞き流しただろう。でも、その日の詩葉は母に向き合うことにした。

「そうだね。先生はやりがいのある仕事だよね。今日、しみじみそう思った。お母さんは私のために、仕事を辞めちゃったんだ。申し訳なかったよ」

「……あれ、あたし、そんなことを言ったっけ？　理由はそれだけじゃなかったんだけど……」

母は口ごもる。

「先生になるのは私の夢じゃなくて、お母さんの夢だよね。私は先生には向かないと思う。ならないんじゃなくて、なりたくなかった。私とお母さんは母子《おやこ》だけど、やっぱり別々の人間なんだ。私はお母さんとは違う生き方がある。私は今の仕事で頑張りたい」

思いがけずきっぱりとした言い方になった。母は驚いた顔をした。

今までこんなふうに自分の思いを言葉にして伝えたことがあっただろうか。詩葉はいつも、曖《あい》昧《まい》な口調でごまかしていた。

短い沈黙があった。

「そうだね。あたしは、あんたに自分の夢を託したんだ。でも、それはあんたの気持ちとは違ったのか。そっか、そりゃあ、そうだよね。……分かった。じゃあ、あんたはあんたの思う道で頑張りな」

母は静かな声で答えた。

どこか遠くで風の音が聞こえた。急に淋しい気持ちになった。


数日後の昼、薫さんがやって来た。いつも庸ちゃんが座る奥の席についた。

詩葉がメニューを持っていくと、薫さんが言った。

「庸一の母です。息子はいつも、ここに来ているって聞いたけど」

「はい。お友達と待ち合わせに使っていただいています。ちょうど、こちらの席です」

薫さんは店の中を見回した。入り口もカウンターもよく見える席だ。視線を窓の外に移した。

小さな庭ではミントやオレガノが若い葉を茂らせている。空には白い月が出ていた。

「特等席ね」

「はい、店の中がよく見えるし、奥だから落ち着きます」

「あの子、いつもどんなものを食べているの？」

「この前はたしか、たけのことソーセージをのせたガレットでした。ほかには、生ハムやアボカドのときも」

「ずいぶん、しゃれたものを食べているのね。じゃあ、そのアボカドのを。それとコーヒー」

遅れて綾子さんがやって来た。

綾子さんが席につくと、薫さんは窓の外の月を指さした。

「今、かぐや姫のことを思っていたのよ。おじいさんとおばあさんは、かぐや姫が月に帰るって言いだしたとき、どんな気持ちがしたんだろうって思って。ね、私、宇宙人を育てちゃった？」

「そんなことないわよ。私から見たら、庸ちゃんは昔のカオルにそっくりよ。頭がよくていつも先のことを考えていて、おまけに野心家。頼もしいわ」

「ありがとう」

薫さんの表情がやわらいだ。

詩葉がコーヒーを運んでいくと、薫さんが熱心に話をしていた。

「私、悔しかったのよ。だって、私がやりたいことをみんな、アヤがやってしまったじゃないの。私は子供を自分の成績表にするまいって思っていた。庸一は庸一、私は私。でも、あなたが頑張ったからだなんて言われると、うれしいでしょ。主婦の仕事なんて、やって当たり前。誰からも評価されないのよ。でも、中学受験だの、高校の成績だのは、ちゃんと形になる。世間が認めてくれるのよね。ますます頑張ろうって気になって、情報収集してしまうわけ。気づいたら、まんまとその手の母親になっていた」

「だけど、今の庸ちゃんを育てたのはカオルの力よ。ミシンを覚えて、型紙を使って生地から洋服を仕立てる。たいていの人はそこで満足してしまうのに、さらにその先、自分の考えた服をつくりたいと考える。いっしょに夏休みの自由研究をしたんでしょ。そういうことの積み重ねだわ」

「そんなことを言ってくれるのは、アヤだけよ」

多鶴さんはモッツァレラチーズをよく切れるナイフですぱりとカットした。北海道から取り寄せたもので、陶器のように白くなめらかで、ミルクの香りがする。ほかには、お日様の香りがするような真っ赤なプチトマトと少し苦味のあるグリーンリーフ。

ガレットを焼きながら、グリルで厚切りのベーコンをあぶる。じゅうじゅうという音とともに脂がしたたり、香りが立ち上がる。仕上げは、お手製のバジルソースだ。バジルの葉と松の実、にんにく、エキストラバージンオリーブオイルにブルターニュの塩をミキサーにかけた特製である。

「彩りがきれいねぇ。いい香り」

薫さんは目を細めた。

綾子さんは帆立と朝採りキャベツのガレットだった。大粒の帆立はひと塩して表面を少し焼き、甘味と香りを引き出す。キャベツはさっとゆでたもの。この季節のキャベツは火を加えると、びっくりするほど甘くなる。ほかには、グリーンアスパラガスとにんじん、半熟の卵だ。

卵にナイフを入れると、黄身がとろりと流れ出し、帆立やキャベツ、ガレットにからむ。卵黄はもう、それだけで極上のソースなのだ。

「あら、そっちもおいしそう」

「でも、ここのお店はシェアはできないのよ」

「そうなの？」

「それぞれ自分で選んだ皿を食べるの。そういう決まりなの」

「自分の決定に責任をもつってことか」

「今の気持ちを大事にするってことよ」

二人はしばらく食べることに集中した。

綾子さんは顔をあげると言った。

「店を継ぐことにしたでしょ。困ったことがあると、いつもカオルだったらどうするかな、なんて言うかなって考えながら進んできたのよ。私だけだったら、やってこられなかったわ」

「そんなことないわよ」

「ううん。憶えている？　高校最後の試合。あのとき、カオルは言ったのよ。『大丈夫、私が後ろにいて守っているから。アヤが失敗しても私が拾う。なにがあっても、絶対、拾う。だから、思い切って前に出て』って。あの言葉は私のお守りになった。怖くても、不安でも、今だ！　って思ったときは一歩前に出る」

「そんなふうに思っていてくれたら、うれしいな」

「分からないけど、きっと庸ちゃんも、そういう体験をしていると思う。カオルに一歩前に出る勇気をもらっているんじゃないのかな」

「だったらいいけど。……ああ、でも、学校をやめるなんて言いだしたらどうしよう。会社を起こすならお金のこともあるのよ」

「ちゃんと考えているわよ。信じてあげて」


多鶴さんがカウンターにシードルのグラスをおいた。

「奥のテーブルに持っていって、言うのよ。これは店からです。このシードルは瓶の中でも熟成が進みます。時を経て、深みを増したお二人の友情のために乾杯してくださいって」

笑い声をあげている綾子さんと薫さんのテーブルにシードルを運んでいった。教わったとおりに繰り返す。

「まぁ、うれしい。よかったわ、今日、ここに来て」

薫さんは素直に喜んだ。

「お言葉に甘えて乾杯」

綾子さんが言う。

「二人のこれからのために。あ、それから、うちの愚息のこともよろしく」

そう言って一口飲んだ薫さんは目を見開いた。

「あら、これは……、今まで飲んだシードルとは違う」

「日本で売られているシードルは甘口が多いんですけど、これは樽《たる》で自然発酵させた辛口なんです。しかも、瓶詰されてからも発酵が進む。香りも独特でしょ」

多鶴さんがカウンターの向こうから声をかけた。

「大人の味ね」

綾子さんがうなずく。

「お二人にはぴったりかと」

「私たちも、こんなふうに枯れていくのかしら」

薫さんが首をかしげた。

「それを言うなら熟成です。フランス人は女性の魅力は四十歳からと言うらしいですよ」

「ね、いいお店でしょ。いつも気分よく帰してくれるのよ」

綾子さんが片目をつぶってみせると、薫さんは声をあげて笑った。

第四話

大川さんのフルール・ド・セル

1

ランチ営業が終わって客が引け、手の空いた時刻だった。詩葉は思い切って多鶴さんに言った。

「あの、ガレットとクレープを焼いてみたいんですけど」

「もちろん、いいわよ。じゃあ、やってみる?」

多鶴さんは黒いクレープパンを火にかけた。

「え。今ですか?」

自分で言いだしたくせに、詩葉はしりごみした。

「あなた、ここで毎日、私が焼くのを見ていたでしょう。大丈夫よ、できるわ」

「はい」

詩葉はエプロンをかけて厨房に立つ。クレープパンに豚の脂を溶かし、レードルで生地を流す。

多鶴さんはおしゃべりしながら楽々とやっていることが、うまくできない。

「ああ……」

ひっくり返そうとしたら、ガレットが破れた。

「平気、平気。何度も焼けばうまくなれるわよ。ここにいる間にしっかり身につけて、そのうちどこかでお店開けばいいのよ」

当然という顔で多鶴さんは言う。

私がお店を？　そんなこと、考えたこともなかった。

「ガレットとクレープの専門店。すぐ近所は困るけれど、そうねぇ、千代田線だったら北千住《きたせんじゅ》。柏《かしわ》なんかもいいんじゃない」

妙に具体的な地名が出た。

そんなふうにして詩葉はランチ営業終了後、ガレットとクレープを焼かせてもらうことになった。もちろんお客には出さない。まかないとして食べるのである。


そんなある日。

「ねぇ、どう思う？」

多鶴さんは詩葉にたずねた。手には〝企画書〟がある。

西日暮里の駅前に新しくできたカルチャースクールから講師の依頼で、キッチンスタジオがあるので、ガレットとクレープを教えてもらいたいというのだ。

「店が休みの水曜日ならどうですかって」

月二回、二か月四回のコースだ。

「お休みつぶれちゃいますね」

「そうなのよ。私はいいけど、詩葉ちゃんにもアシスタントに入ってもらうつもりなの。どう？もちろん休日手当は出すけど」

休みがつぶれるのはかまわないが、アシスタントと言われて少し緊張した。

「宣伝になりますよって言われたけど、常連さんに待たずに座ってもらえる今ぐらいでちょうどいいの。だけど、ガレットのことを知ってもらえるのはありがたいな。担当の人がね、クレープが大好きだっていうの。でも、話をしていたら、その人はパンケーキと間違えていたのよ。それも生クリームがたっぷりのったハワイのパンケーキと」

「それは、困りましたねぇ」

詩葉はそう答えたけれど、改めて聞かれるとガレットとパンケーキの違いが自分でもよく分からない。あわててスマホで検索した。

「英和辞典だと、パンケーキはホットケーキのことってあります。……『料理用語では薄くて軽い種類をpancake、比較的厚い種類をgriddle cakeという』。『griddle』っていうのは菓子を焼く鉄板の意味ですね。ガレット『galette』は仏和辞典だと『galet』が元の形。礫《つぶて》、つまり小石という言葉で、『galette』はその女性形。おや、円グラフもガレットって呼ぶらしいです」

「それは知らなかったわ。円グラフをカマンベールって呼ぶ人はいるわよ」

「そうすると……、つまり、穀物を粉に挽《ひ》いて水とかいろいろ加えて焼いたものを、英語圏ではパンケーキ、フランス語圏はガレットって呼ぶんですかねぇ」

「そんなふうに大きくまとめてしまったら、わけがわからなくなるわよ。だからね、パンケーキの『pan』はフライパンのパン、つまり平鍋《ひらなべ》のことでしょ。粉を細かく挽いて、卵なんかも増やして、白くてふわふわとやわらかいお菓子に発展していくのよ。で、ガレットは小石だからそば粉が入った、ざくざくしたイメージね。肉や野菜といっしょに食事として食べる」

多鶴さんはあくまで違うものだと主張したいらしい。

「なるほどねぇ」

続けて詩葉はクレープを検索する。

「クレープ（crêpe）……。男性名詞の場合はクレープ織り、ちりめん、喪章。女性名詞だと食べ物のクレープ、そのままですね。あ、『retourner qn. comme une crêpe』はクレープを裏返すように意見や考えを一変させることだそうですよ」

詩葉はフランス語の慣用句を見せた。

長時間話し合い、やっとまとめた結論が、鶴《つる》のひと声でくるりとひっくり返されてしまうようなときに使うのだろうか。

「ガレットは食事で、クレープはスイーツ、卵やバターをたっぷり加えて、やわらかくて薄い贅沢な生地に仕上げたもの。私が好きなのはクレープシュゼットよ」

多鶴さんは夢見るような表情になった。

「クレープシュゼットはね、クレープにグランマルニエを注いで火をつけるレストランのデザート。青い炎があがって演出効果抜群。レッスン最後の日は、みんなでそれをつくろうかしら」

「火災報知器が鳴りますよ」

そんな会話があって、多鶴さんはガレットおよびクレープを啓蒙《けいもう》すべく、講師の依頼を受けることにした。カルチャーセンターがつくったチラシが届き、道草さんの店や白井さんの勤めるクリニックにもおいてもらった。


花屋の店先にあじさいの鉢が並ぶころ、多鶴さんのガレット・クレープ教室もはじまった。新しくできたビルの中にあるキッチンスタジオには十六人の参加者が集まった。年代は幅広い。女性が中心だが男性も三人いる。

常連の大川孝蔵《こうぞう》さんも興味をもって加わってくれた。大川さんは七十代。商社を退職して今は知り合いの会社を手伝っている。額は少々後退しているが、眉の太い、えらの張った堂々たる顔立ちをしている。若いころ、ラグビーに熱中したそうで、肩幅が広く、腕も首も太い。後ろ姿が若々しい。

「娘に料理ぐらいできたほうがいいって言われたんですけどね。そば打ちなんて、いかにも年寄りの趣味でしょう。お店でチラシを見たとき、ああ、これだと思ったんですよ。クレープが焼けますなんて、なんか格好いいじゃないですか」

「じゃあ、台所に立つこともあるんですか」

多鶴さんがたずねる。

「いやぁ、それが全然。昼に冷凍食品をチンするぐらいはしますけど」

「洗い物なんかもお願いするんですよ。大丈夫ですか」

「はい、もちろん。一年坊主になったつもりで、なんでもやります」

青いストライプのエプロンをかけた大川さんは元気のいい声で答えた。

大川さんのグループには、ほかに大川さんと同年代の富岡麗子《とみおかれいこ》さん、すらりと長身で髪にはやわらかなウェーブがかかっている。三十代のキャリアママの藤森《ふじもり》さん、女子大生の江田《えだ》さんの三人がいる。

日に焼けて活発そうな江田さんは自己紹介のとき、「ヒロミと呼んでください」と宣言した。すると藤森さんは「じゃあ、私は君江《きみえ》だからキーちゃんと呼んで」と応えた。大川さんと富岡さんのシニア二人、ヒロミさんキーちゃんの若手二人のグループとなった。

プロジェクターに映し出されたパワーポイントの画像を前に、多鶴さんが説明をはじめた。

「まず、最初に、この講座でご紹介するクレープとガレットのことをお話ししましょう。これらはフランスのブルターニュ地方が発祥です」

フランスの地図が現れる。

「北にある、ここがパリ。そこからTGVという高速鉄道で二時間半ほど西に進んだところがブルターニュ地方。英仏海峡と大西洋に突き出た半島です。フェリーに乗ればイギリスもすぐです」

ぐいと海に突き出たブルターニュ地方の地図が映し出された。

「このあたりは土地がやせていて冷涼な気候のため、小麦粉はあまり育ちません。それで、人々はそば粉を薄くのばして焼いたガレットをパンの代わりに食べていました。ガレットとはフランス語で小石を意味する言葉で、かつては石の上で焼いたことに由来します」

みんなは真剣な面持ちで説明を聞き、メモを取っている。

「そば粉でつくるガレットは塩味系がほとんどです。一方、クレープは小麦粉に砂糖、卵などが入った甘いおやつ、もしくはデザートです。クレープの誕生については、フランス王ルイ十三世がかかわっていると伝えられています。十七世紀の人ですね」

プロジェクターには立派なひげをはやしたやせたルイ十三世の肖像画。尖《とが》ったまっすぐな鼻が、気難しそうな印象だ。

「ルイ十三世は狩りのためブルターニュを訪れ、妻であるアンヌ王妃がガレットを気にいり、宮廷に持ち帰ってクレープが生まれました。クレープという名前は、絹のような薄い生地という意味です。ブルターニュに行くと、クレープのお店、クレープリーが町のあちこちにあり、ガレットはレストランでだけでなく家庭料理としても食べられています」

多鶴さんがはっきりとした大きな声で語る。店をオープンする前、クレープ教室を開いていたことがあるという多鶴さんの説明はなかなか堂にいっている。

「今日は、いちごのコンポートとバニラアイスをのせたクレープをつくります。いちごをさっと煮て、市販のバニラアイスクリームとともに添えます。そして、今回は特別、最後に、ひみつのトッピングを用意しています。お楽しみに」

店ではクレープパンという平たい鉄鍋を使っているが、今回は家庭でもつくれるようにテフロン加工のフライパンを使うレシピにした。へらやスパチュラなども特別なものは使わない。ただし、生地がぱりっと焼けるのでサラダ油ではなく、ラードを用意した。

粉も砂糖もあらかじめ量ってあるし、道具も用意してあるから、ボウルに順番に入れてかきまぜれば生地はできる。いちごのコンポートも砂糖と水でさっと煮ればよい。問題はクレープを焼くところだが、少々不出来であってもコンポートやアイスクリームをのせれば格好がつく。楽しくつくっておいしく食べて、ガレットとクレープを好きになってくれればそれでいい。そういう講座だ。

それぞれ作業に取りかかり、卵をかきまぜたり、砂糖を加えたりする音が響いた。

突然。

「あ、ああ、あー」

大川さんのグループから声があがった。

詩葉がダスターを持って駆けつけると、大川さんが困ったような顔をして立っている。調理台には卵の黄身と白身が広がっていた。

「いやぁ、しまったなぁ。卵を割ろうと思ったらねぇ」

大川さんがもぐもぐと言い訳をする。

「だって、すごい力で卵を台に打ちつけちゃうんだもの」

ヒロミさんがケラケラ笑う。

「お家《うち》では、みんな奥様がなさるんでしょう。わたくしの父もそうでしたよ。お湯を沸かしたこともありませんでした」

ラベンダー色のブラウスの富岡さんが穏やかな様子でなぐさめたので、大川さんはさらに恐縮して大きな体を小さくした。

富岡さんは自分のことをワタクシと呼んだ。その言い方がやさしくて品がいい。たしか挨拶はごきげんようだった気がする。カジュアルな服装がほとんどの女性参加者の中で、ただひとり上質のジャケットを着てパンプスをはいて来た。それが外出するときのいつもの姿ではあるまいか。さらにエプロンをつけて調理台に向かったときには腕時計も指輪もはずしていた。調理前に手を洗うのと同じくらい自然に。育ちがいいとか、ていねいな暮らしというのは、こういう人のためにある言葉だろうか。小津安二郎の映画から抜け出てきたような人である。

「お恥ずかしいが、まったくそのとおりなんですよ。いやいや、張り切ってつくろうと思ったのが失敗だったな」

大川さんは頭をかいた。

「今日は初日ですからね、張り切る気持ちも分かりますよ。大丈夫、少しずつ焦らずやりましょう」

多鶴さんが声をかけた。

卵を割れない大川さんを笑ったヒロミさんだったが、彼女もじつは料理初心者だった。真剣な様子で香りづけに使うレモンの皮をおろし金ですりおろしている。詩葉が気づいたときには、白いワタを削り、さらに果肉までおろしていた。おろし金のとげにはちぎれた白いワタがひっかかり、果肉から流れ出た汁が台に垂れている。

「ヒロミさん。もう、そこでストップ。レモンの皮は黄色いところだけでいいんです」

詩葉はやんわりと注意する。

「え、やだぁ、そうだったぁ。早く言ってよぉ」

言いました。さっき多鶴さんが言いました。お渡ししたプリントにも書いてあります。

ぐっと言葉を飲み込む。

多鶴さんがやって来て笑顔で伝える。

「平気、平気。じゃあ、この白いところは苦いからはずして、あとは汁も全部いちごのコンポートの鍋に入れてね。おいしくなるわよぉ」

調理台にコンロがひとつだから、順番に焼く。

超初心者の大川さんとヒロミさんがいるので、ほかのグループより少々出遅れたが、生地もできあがっていよいよクレープを焼く段になった。

「じゃあ、わたくしから焼きましょうか」

富岡さんが名乗りでる。

温めて脂を敷いたフライパンにレードルですくった生地を流す。フライパンを回して薄く広げる。火が入ると、生地はやさしくふくらむ。少し焦げ色がついたら、そのやわらかな生地をスパチュラで裏返す。裏面をかるく焼き、半分に折りたたんで皿に移す。

富岡さんは難なくすらりとやり遂げた。

「ほう、こうやるんですな」

「なるほど、分かったわ」

大川さんとヒロミさんはうなずく。

キーちゃんこと藤森さんも焼きあげ、ヒロミさんの番になった。

「入りまーす」

元気よく宣言して生地を流した。広げるところまでは順調だったが、初めてのときの詩葉と同じく裏返すところで苦戦した。

「え、やだー、なにぃ」と言っている間に生地が破れた。なんとか皿に移したヒロミさんはがっかりしている。

「いちごのコンポートとアイスがのるから、破れ目は分からない。全然ＯＫよ」

キーちゃんがフォローする。

大川さんの番である。

「あのぉ、申し訳ないですが、お手伝いいただけますでしょうか」

大川さんは富岡さんに申し入れた。

「あら、わたくし？」

「ひとりじゃ心もとないんですよ」

「分かりましたわ。では、少しだけ」

大川さんはフライパンに生地を流し、焼きはじめた。薄い生地は少しふくらみ、端のほうに気泡が出て、全体が波打ってきた。香りとともにうっすらと焼き目がつく。

「ああ、すみません。この裏返すところをちょっとお願いできませんか」

「分かりました。これでよろしいかしら」

富岡さんの白く、節の高い手がスパチュラを操ってすばやく裏返す。さっと焼いて半分に折って皿に移した。

「ああ。ありがとうございます」

大川さんは笑顔になる。そういえば、大川さんはさっきから富岡さんのほうばかり見ている。

調理台をテーブル代わりにして試食タイムになった。

白い皿の上にはそれぞれ自分で焼いたクレープがある。少々焦げたり、破れたり、妙に厚くなったりと表情がある。ふんわりとやわらかく、卵と砂糖の甘い香りが立ち上がる。まだ温かい半割いちごを甘く煮たコンポートをのせ、冷たいバニラアイスを添え、コンポートのシロップをかける。ミントの葉を添えると、よそ行き顔のデザートになった。

「わぁ」

ヒロミさんが歓声をあげる。

「おお、これはいい」

大川さんは目を細める。

よそのグループからも、声があがっている。

「さぁ、ここでさっきお話をしたひみつのトッピング。グループごとにお配りしますね。フルール・ド・セル——塩の花といって、塩田《えんでん》に最初に浮かぶ塩の結晶を集めたものです。水分が蒸発して塩分濃度が高くなり、塩田の表面に最初の塩の結晶が生まれます。春の氷のようにやわらかく、もろく、みずみずしいものです。それが白い花が咲いているように見えることから、この名がつきました。ご自分のクレープに少しずつのせてくださいね。塩気がアクセントになって、おいしさがましますよ」

小さな器に入れたフルール・ド・セルを配った。わずかに灰色がかった小さな結晶である。

さっそくかけらをなめたヒロミさんが叫んだ。

「あまーい」

テレビのグルメリポーターのように大声をあげた。

「塩だから甘くはないですよ。海の塩で岩塩《がんえん》より溶けやすいから、塩気をつよく感じると思います。足すのはほんの少しにするのがコツです」

多鶴さんが冷静に伝える。グルメ番組で生の大根だろうが、レタスだろうが、なんでもかまわずリポーターが「あまーい」と叫ぶのが嫌いなのだ。

「この塩もブルターニュのものですか?」

質問が出た。

「もちろんです。誤解のないように申し上げますけれど、ブルターニュは食材の乏しい土地ではありません。むしろ、おいしいものの宝庫です。ゲランドの塩田でつくる塩は世界的に有名ですし、そのほかりんごや、りんごからつくるお酒のシードル、バターなどの乳製品、海産物などがあります」

ブルターニュびいきの多鶴さんはこぼれ落ちそうな笑顔で答える。

「さあ、ではみなさん、いただきましょうか」

皿の上のクレープは赤いいちごのコンポートとバニラアイスクリームをまとって、さっきからバターと卵のまじった甘い香りで誘っている。クレープはふんわりとやわらかく、いちごは甘酸っぱい、バニラアイスクリームは冷たくて甘い。そして、そこにほんの少しの塩の花が加わると、甘みはさらに際立ってくる。

小さなため息が聞こえるだけで、教室には沈黙が流れた。それぞれが食べることに集中しているのだ。

「ブルターニュの名産のひとつがりんごです。クレープやガレットには、りんごでつくったお酒シードルを合わせることもあります。今回の飲み物はフレッシュなりんごでつくる特製アップルティーです。これもブルターニュ風です」

ガラスポットには薄切りりんごと皮、りんごの芯《しん》が入っている。熱湯を注ぐと、小さな泡が生まれた。ティーバッグを入れて、ティー・コージーをかぶせる。

三分ほどしてティー・コージーをはずし、カップに注ぐと甘く清々《すがすが》しい香りが部屋に広がった。

「はちみつを加えてもおいしいですよ。紅茶は苦味が少ないものがよいので、セイロンやニルギリなどがおすすめです」

「先生、くわしいつくり方を教えてください」

参加者から声があがり、多鶴が説明をはじめると全員がメモをとりはじめた。

それを機にみんなはいっせいにしゃべりだした。

どこそこのクレープがおいしい、ガレットはここがおすすめと、クレープ談義がはじまったのだ。

東京中のクレープ、ガレットを食べつくしたのではないかと思うほどくわしい人がいる一方で、ブルターニュの旅の思い出を語る人がいる。竹下通りで食べたチョコとバナナのクレープのこと、雑誌を見ながらホットプレートで焼いたクレープの味。さらに、ハワイの海の見えるレストランで食べたパンケーキやイギリスのコッツウォルズのティールームのアフタヌーンティー・パンケーキ。口々に自分の思い出を語る。

ヒロミさんとキーちゃんが熱く語る脇で、富岡さんはにこにこして聞いている。その傍《かたわ》らで、大川さんは少し緊張して座っていた。

詩葉はそれぞれの想いの熱さに驚いた。正直言って、ちゃんと人が集まるかどうかも心配だったのだ。世の中の人がこんなにクレープやガレットに想いを抱いているとは知らなかった。

どちらかといえばガレットやクレープは料理の世界の傍流で、美味であふれる日本の、東京あたりの大都市の、知る人ぞ知る存在と考えていた。

「すごいですねぇ。ガレットやクレープ好きは多いんですねえ」

詩葉は小さくため息をついた。

「当たり前じゃない。ガレットとクレープには人を惹《ひ》きつける魔法があるのよ。詩葉ちゃんもその魔法にかかった一人よ」

多鶴さんはふふと笑った。

木曜日、夕方になると、いつものように道草さんと白井さんがやって来た。

「昨日のクレープ教室、どうだった？」

「大盛況でしたよ。みなさん、とても熱心で。上手に焼けたって喜んでいました」

詩葉が答えた。

「男の人も来たの？」

「三人ほど。そのひとりが大川さん」

「なんだ、じゃあ、俺も行けばよかったなぁ。女の人ばっかりだと思ったから遠慮したんだよ」

「道草さんは、料理なんかしないでしょ」

白井さんが笑った。

「するよ。ラーメンとか、焼きそば、カレー。インスタントとレトルトと冷凍食品。昭和の男はそんなもんだよ」

「あとのお二人はセミプロでしたよ。おひとりはカフェオーナーで、もうひとりはカレーショップでしたから」

多鶴さんがカウンターごしに話に加わる。

「そうなの？　多鶴ちゃんだめだよ、それじゃあ。競争相手をつくっているようなもんじゃないか」

「いいのよ、別に。うちはうちなんだから。それより、おいしいクレープやガレットが広まったほうがうれしいじゃないの」

そんな話をしていると、大川さんが入ってきた。黒いバッグを抱えている。

「昨日はありがとうございました。今日は、『先生』の焼くガレットを改めて味わってみたいと思いましてね。銀座で本も買ってきましたよ」

「私のつたない講義に興味をもっていただいて恐縮です」

多鶴さんがおどけて頭を下げる。

大川さんはカウンターに座り、メニューを開いて言った。即決である。

「よし、この生ハムのガレット。飲み物はシードルで」

大川さんはいつものように黒いバッグからプラスチックケースを取り出した。中には、大小、色とりどりの薬が入っている。

「おたくもたくさん持っているんですねぇ」

道草さんが言う。

「三年前に心臓の手術をしまして、その後、一気に薬の数が増えた。しかし、大病をしますと、自分の残り時間ってものを意識するようになりますね。あと何回、この桜が見られるだろうかと、ふと思う。『春風の花を散らすと見る夢は　さめても胸のさわぐなりけり』なんてね」

「ほう？」

「西行《さいぎょう》ですよ。若いころ、一時《いっとき》夢中になりました。しかし、桜ははかない。気づくともうあじさいだ」

そう言いながら大川さんは何種類も薬を飲み、バッグから厚い本を取り出した。ガレットとクレープのレシピ本だ。しかもプロ用である。

「あれから家で卵を割る練習をしたんですよ。動画サイトに正しい卵の割り方がありましてね、私は台の角にぶつけたんだけど、そうすると殻がまじっちゃう。正しくは平らなところにかるく打ちつけて、ひびが入ったら、手で割るようにする」

「次回が楽しみですね」

「それまでには焼くほうも練習しておきます。これは、フルール・ド・セル」

得意そうに取り出した。

「凝《こ》り性《しょう》だなぁ。しかし、なんだってガレットを習いに行く気になったんですか？　ここで食べればいいじゃないですか」

道草さんがたずねた。大川さんはマンションでひとり暮らしだ。

「いやぁ、すぐ近くに長女一家が住んでいて、孫たちが遊びに来るんですよ。女の子で上が五歳で下が三歳。その子らにいい顔をしたいと思いましてね」

「ほうほう、お孫さんか。そりゃあ、かわいいでしょう」

「もちろんですよ。孫がこんなにかわいいもんだとは思わなかった。うちは女の子だからね。口が達者だし、よく見ている。この前までおむつをしていたくせに、今日の服はすてきなんて言うんですよ」

目尻が下がった。

「だけど、孫っていうのはすぐ大きくなっちまうでしょ。じいじなんてまとわりついてくるのは、わずかな期間だ。それが分かっているから、そのときを大事にしたいんですよ」

頭をかく。

「娘がいっしょに住もうって言ってくれたんですけどね、やっぱりひとりは気楽でしょ。このあたりは店がいっぱいあるから食べることには困らないし、昔ながらの銭湯もある。暮らすには便利なんですよ」

「ああ、いいですなぁ。ひとり暮らしなんて、うらやましい。うちは女房と息子夫婦がいるんでね。こうして時々、逃げてくる」

「時々じゃないわよ」

白井さんが横からちゃちゃを入れた。

多鶴さんがガレットを焼きはじめた。その手元を大川さんは注視した。

「その黒い鍋は専用のものですかね」

「クレープパンっていいます。鉄製なので、火がよく入りますね」

違いだ。

「それは、どこで買えるんですか」

大川さんはクレープパンも買うつもりなのか。詩葉は驚いた。クレープパンはもちろん、レードルからなにから全部、店のものを使わせてもらい、店にいるときだけ練習している詩葉とは大違いだ。

「通販サイトに出ているし、合羽橋《かっぱばし》でも買えますよ。値段は二千円台からありますから」

道草さんが自分のスマホで検索する。

「ああ、ありましたよ。ほら、たくさん」

「なるほど、なるほど。この木の十字になっているのはなんなんですか」

「これはロゼル。クレープ用のトンボって呼ぶ人もいます。クレープの生地をのばすときにあると便利ですよ」

「おお、いいなぁ。じゃあ、明日にでも合羽橋に行ってみるか」

大川さんはにこにことうれしそうだ。

ガレットが焼きあがった。

「生ハムは自家製ってありますけれど、まさか、ここで作っているわけじゃないですよね」

「もちろん。栃木で生ハムをつくっている人がいて、そこで仕込んで熟成をお願いしているんです。大谷石の採掘場は温度湿度が一定で熟成には向いているから。前にもこの話、しませんでしたか?」

香ばしい焼き色のついたガレットには桜色の生ハムと卵とシャキシャキのレタスやピーマン、にんじん、トマトがのっている。

一口食べた大川さんは笑みを浮かべた。

「ああ、やっぱり習いに行ってよかった。知識があるのとないのとでは、味わいが違う。とくにこの生ハムがね、塩気がほどよいんだよ。イタリアのプロシュートも、スペインのハモンセラーノもいいけれど、私はちょっと塩気が気になるんだ。血圧が高いからね。その点、これはいい」

「熟成はそんなに長くないんですよ。ソフトでしょ。ガレットにはこれぐらいがいいと、私は思っているんですよ」

「なるほど。ガレットそれ自身にも主張があって、生ハムを受け止めつつ、存在感を示す。いいコンビネーションだ」

多鶴さんと大川さんで話がはずんでいるので、道草さんも加わりたくなったらしい。

「いやぁ、まったくそのとおりですよ。ガレットは奥が深い。主張があってなんでも受け入れてくれるけど、ときに頑固なんですよ。多鶴さんと同じで」

「あら、いつ私が頑固になりました？　お客様のお話は精一杯受け止めているつもりですけれど」

ほらほら、またよけいなことをという顔で、白井さんがちらりと道草さんを見る。

「あはは。不動産屋だからね、口が達者なんですよ」

「ご存じでしょう。道草不動産。千駄木の駅前にある」

　多鶴さんが伝える。

「そうですか。いや、そうじゃないかとは思っていたんですけどね。じつは、私もその節にはお世話になったんですよ」

　その節というのは、大川さんの離婚騒ぎのことであった。

「いわゆる熟年離婚というやつでね、ある日、女房が例の緑の紙を持ち出して言ったんですよ。『もう、あなたのくびきから解放されたい。これからは自分ひとりで自由に暮らしたい』。最初はなにを言われているのかわかりませんでしたよ。石油関係で単身赴任も長かったから、心が離れてしまったんでしょうねぇ。こっちはそんなことを思ってもいなくて、娘二人を嫁に出して、これから夫婦でゆっくり暮らそうと思っていたんですよ」

　赤ワインを飲みながら、白井さんがうなずいている。

　――そんなふうにすれ違っている夫婦って結構多いのよね。

　心の声が聞こえてきそうだ。

「向こうは何年も前から計画していて、給料に退職金、預貯金の額まで把握している。隠しようがない。家を売って財産は女房ときっちり折半にした。向こうは今、カナダで暮らしています。知り合いの……女性ですけれどね、その人と暮らしている。で、私は小さなマンションを買った。そのときに、不動産屋さんにはいろいろ相談にのってもらいました」

「そうでしたかぁ。そりゃあ、ご苦労様でした」

道草さんがやさしい声をかける。

「娘たちは母親側についているから、ずいぶん責められました。家族を支えるために一生懸命働いてきたのに、そこまで言われなくちゃならないのかとも思いましたけれどもね。まぁ、胸に手をあててみると、思い当たることがないとは言いませんけどね」

はははと照れ笑いになった。ともあれ、その後も娘さんたちとは疎遠にならず、孫娘も遊びに来てくれて、めでたしめでたしなのである。

〈追憶の地　ブルターニュ
D'où venons-nous? Que sommes-nous? Où allons-nous?

母はフランス人の父とともに、
パリで小さなホテルを経営していた。

父は絵描きで美しい絵を描いた人だった。

私が生まれてから、父は母の元を去った。

幸い、母にはホテルが残された。

母はごく短い間、ブルターニュに住んでいて、そこで父と出会った。
ブルターニュは母が最も輝いていた場所であり、思い出の地だ。
私も母に勧められてブルターニュを訪れた。
心のふるさとになった。

ブルターニュで二年ほどを過ごした。
よい知り合いができて、たくさんのことを教わった。
もちろん、楽しいことだけではなかった。

心のふるさとは心の中にあるもので、現実のものとは違う。
母の心の中のブルターニュは母だけのものだ。私のものではない。

母はパリを愛していたけれど、パリの暮らしに疲れてもいた。
私は東京を愛していたけれど、東京の暮らしに疲れた。
そういえば、以前、ザルツブルグのバス停でこんな英語の落書きを見た。

――ザルツブルグは好きだが、ザルツブルグ人は大っ嫌いだ！


私も書こう。

日本は好きだが、日本人は大っ嫌いだ！〉

文章の内容は過激だが、添えられている写真は穏やかだ。

窓辺に赤いゼラニウムが咲く石造りの家。ステンドグラスのある石の教会。羊が草を食《は》む緑の田園風景。

料理と菓子の写真が続く。クレープは濃いこげ茶色。焦げているのではなく、そば粉そのものが黒いのだろう。

豚ひき肉に栗を加えたテリーヌ、マロンケーキ。色は茶色い。レストランやパティスリーで見る、香ばしそうな焼き色ではない。もっと素朴な家庭的なものだ。

そういえば母の料理は茶色い。芋の煮ころがしも、なすと厚揚げの煮物も、ふきの煮物もしょうゆがしみて茶色い。あじフライも父はソースをしゃばしゃばとかけるから、やっぱり茶色い。

世界中どこに行っても、ふるさとの料理は茶色いのかもしれない。

ページを閉じようとして、気がついた。

パリの小さなホテル。日本人のマダム。

多鶴さんが泊まったホテルのことではないだろうか。壁にゴーギャンのポストカードが貼ってあったというあのホテル。

思いついて〝D'où venons-nous? Que sommes-nous? Où allons-nous?〟で検索をかける。

〝我々はどこから来たのか、我々は何者か、我々はどこへ行くのか〟

ゴーギャンのもっとも有名な絵のタイトルだ。

詩葉はほうっとため息をついた。多鶴さんとブログの作者がつながった。

居心地悪そうにこちらを見ているブルターニュの少女の顔が浮かんだ。

2

二回目のレクチャーがはじまった。この日は、きのことベーコンのガレットである。中心には生卵がのる。副菜としてアボカドをのせたトマトスープを添える。

意気揚々とやって来た大川さんは調理台に立つと、富岡さん、キーちゃん、ヒロミさんを前に堂々と宣言した。

「前回は失礼をしました。あれから、卵の割り方を勉強しました。もう大丈夫です。ご心配なく」

「あら、それは楽しみだわ」

富岡さんが優雅な笑みを浮かべる。

「熱心ですねぇ」

キーちゃんが驚く。

「すごーい」

ぱちぱちとヒロミさんが手をたたいた。

「はい。では、今回はガレットです。そば粉に水と卵、塩、シードルを少し加えて生地にします。シードルはお酒ですからお好みで。入れると味に深みが出て、ふっくらと焼きあがります。冷蔵庫でひと晩寝かせると生地が落ち着くのですが、今日はそのまま焼きます」

多鶴さんが説明をする。

グループごとに生地づくりに取りかかった。

まず、ボウルにすべての材料を合わせる。

「じゃあ、卵を割るのは大川さんにお願いしましょうか。いいですよね」

キーちゃんが仕切る。

「はい。お願いします」

富岡さんが言い、ヒロミさんもうなずく。

ボウルを前に緊張した面持ちで大川さんが立つ。手には卵。調理台に軽くぶつける。カチッと小さな音がした。だが、ひびが見えない。

「あ、力が弱かったかな」

大川さんは急に弱気な表情になった。

「もう一度、やってみますか?」とキーちゃん。

「だけどさぁ……(この前と同じになったら困るよぉ)」と目が語るヒロミさん。

「じゃあね、もう一度、さっきと同じ強さでぶつけてみてくださいな」

富岡さんがうながす。

「そうですね。同じ強さで」

大川さんが答える。傍《はた》で見ている詩葉も心配になった。妙に緊迫した空気が流れている。

「それ」

カチリ。

今度はどうだ。

大川さんがおそるおそる卵を見る。

「あ、あはは。今度はちゃんと、ひびが入りましたよ」

「そうね。ひびが見えるわ」

「いい感じに入っていますよ」

「すごい、すごい」

富岡さん、キーちゃん、ヒロミさんが褒める。あとは割るだけだ。

大川さんはさらに緊張した面持ちで指に力を入れる。カリカリという軽い音とともに卵の殻が裂けて、黄身と白身が見えた。ボウルの中のそば粉の上に卵がぽとんと落ちた。

はあ。見守る三人からため息がもれた。

「まぁ、大成功ですね。おめでとうございます」

富岡さんが微笑む。

「ああ、なんだか、もう、できあがったような気になったわ」

思わずキーちゃんがつぶやく。

「焼きあがったガレットにのせる卵はそれぞれが割るってことでいいですよね」

ヒロミさんが冷静に伝えた。

富岡さんが生地を仕上げ、トッピング担当のキーちゃんがベーコンとエリンギやえのきをカットし、ヒロミさんがスープを用意する。大川さんは皿を用意し、洗い物をする。

「では、つくりながら聞いてくださいね。もう少しガレットとクレープのお話です」

多鶴さんが声を張った。

「前回、ブルターニュの郷土料理であるガレットを、クレープに洗練させ、フランス中にひろめたのは、スペイン国王の娘で、ルイ十三世に嫁いだアンヌ王妃だとお伝えしました。アンヌ王妃はお菓子の世界では、とっても重要な人なんです。その功績のひとつがチョコレートをフランスに伝えたことです」

チョコレートの原料であるカカオ豆は、紀元前から南米、アステカ、マヤで貴重な飲み物として用いられていたという。十六世紀の大航海時代、征服者であるスペイン人がこれを本国に持ち帰る。スペインの貴族たちの間で、はちみつや砂糖を加えたチョコレート飲料がもてはやされた。

「チョコレートがあまりにおいしいので、スペインは百年以上、門外不出にしていました。一六一五年、アンヌ王妃がチョコレートをつくれる従者を連れてお嫁に来たので、フランスにチョコレート文化が伝わったのです。アンヌ王妃は甘いものが大好きだったのでしょうね」

詩葉の頭の中に、着飾った美しいアンヌ王妃の姿が浮かんだ。優雅な手つきでチョコレートのかかったクレープを味わっている。

そのとき、富岡さんのすらりとした後ろ姿が目に入った。

白いブラウスにはきちんとアイロンがかかっている。ストッキングをはいた足元は春色のパンプスだ。

参加者のほとんどが上はアイロンのいらないカットソー、足元はスニーカーだから、きちんとした身なりの富岡さんは目立つ。

富岡さんは家でも、こうした服を着ているのだろうか。

アイロンをかけている富岡さんはなんとなく想像しづらい。お手伝いさんがやっていそうだ。

調理のほうは順調に進んでいる様子だった。

ヒロミさんがアボカドに取り組んでいる。

「私、アボカドは大好きで毎週食べているの」

宣言したとおり、手早くアボカドに切り込みを入れてくるっとねじって二つに割った。

「まぁ、お上手ねぇ。わたくしはいつも失敗をしてしまうの」

「アボカドは固いとおいしくないし、やわらかいと黒ずんでいたり、食べごろを選ぶのは難しいですよね」

ヒロミさんはアボカドの種を取ると、皮を除いた実の部分をボウルに入れてマッシュする。パパッと塩こしょうする様子も手慣れていた。

キーちゃんも加わってアボカド談義になる。三人があれこれとおしゃべりするのを、大川さんは楽しそうに聞いていた。

できあがったトマトスープを器に移す。マッシュしたアボカドをのせれば完成だ。

「あ、ああ、あー」

大川さんの悲鳴があがった。

富岡さんのスカートにトマトスープが大量にこぼれていた。スカートは赤く染まり、床に滴り落ちている。大川さんは平身低頭して謝っている脇で、キーちゃんがこぼれたスープをタオルでふき取っていた。その後、富岡さんはエプロンをかけて染みを隠し、試食もせずにそのままタクシーで家に戻った。

3

夜、そろそろ店を閉めようという時間だった。

大川さんがひとりでふらりと入ってきた。

「こんな時間でいいですかね」

「もちろん。なにか召し上がりますか?」

「チーズかなにかお願いできますか。それと辛口の白ワインを」

多鶴さんは白ワインとともに、カマンベールチーズとクラッカーを用意した。大川さんは軽く頭を下げた。

「ありがとうございます。この前はお騒がせしました」

「いいえ、とんでもないですよ。あの後、富岡さんからスカートはすぐクリーニングに出して、しみも残らなかったと伝言がありました」

「そうらしいですね。以前、たまたま道でお見かけしたことがあって。そのとき、お住まいのことを聞いていたから、直接お詫《わ》びにうかがったんです」

「そうですか。お詫びに……。富岡さんはなんて?」

「気にしないでくださいと。……そのとき、お茶もごちそうになりました」

「では、あの一件はおしまいですね。それで、今日は？」

多鶴さんがさりげなくたずねた。

「いやびっくりしましたよ。大きな古いお屋敷だったから……。今でも、ああいうお宅があるんですね。応接間から広いお庭が見えました。ちょうど、バラの世話をしていたそうで富岡さんは普段着っていうか……」

詩葉の頭にバラの手入れをしている富岡さんの姿が浮かんだ。

エプロンをかけてスラックスをはいている。パンツでも、ズボンでもなく、スラックス。きちんとセンターにプレスラインが入っている。髪はスカーフでまとめている。そのスカーフが富岡さんを華やかに見せる。

「花瓶にはバラの花を活《い》けてあって、それがいい香りなんですよ。真っ白で清楚《せいそ》な、しかも豪華な。なんていうかね、もう、それが富岡さんという人そのものだ」

「そうだったんですね」

多鶴さんはうなずく。

短い沈黙があった。お客はすべて帰って、店には大川さんと多鶴さんと詩葉の三人だけだ。大川さんはひとり言のようにつぶやいた。

「人を想うっていうのは、突然なんですな。空から降ってくるっていうか……」

「昔の人は巻き込まれるものだと言いましたよ。抗《あらが》えないんです」

多鶴さんが微笑む。

「そうだ。まったく、そのとおりだ」

大川さんはグラスをながめている。

「自分にも、まだそういう気持ちが残っていたなんてね。驚いてしまう」

「年は関係ないですよ」

「いやね。別にだからどうだってことじゃないんですよ。ただ、誰かにこの気持ちを伝えたかった。娘に言ったら叱られますよ。なにを浮かれたことを言っているんだって。だけどね、自分の中に閉じ込めておくのは、なんていうかな、……苦しいから。……今日みたいな日にぴったりな飲み物は……、強い酒がいいな」

多鶴さんはショットグラスに注いだ琥珀《こはく》色の酒を勧めた。

「ブランデーですか？　いや、変わった香りだ」

大川さんが首をかしげたが、

「パスティスです。薬草なんかで風味をつけてあるんですよ。甘くてアルコール度数も強いでしょ。フランス人は大好きなんですよ。少し水を足しますか？」

大川さんがうなずき、多鶴さんが水を足すと白く濁った。大川さんは一口飲んでつぶやいた。

「パスティスとかけてその心は……」

「意味はありませんよ。強いお酒がほしいとおっしゃったから」

やさしい様子で答えた。赤い髪が揺れた。

詩葉は大川さんに背を向けてスマホでパスティスを検索した。

〝アブサンの代替品としてつくりだされた〟

あわてて前後を読んだ。

〝アブサンはニガヨモギやアニスなど、さまざまな薬草を加えたリキュールである。一八四〇年代以降、フランスで人気になるがニガヨモギの香味成分は向精神作用を引き起こすものを含むため、幻覚や妄想、精神錯乱などを伴う中毒症状が起こる場合もある。その結果、フランスでは一九一五年、アブサンの製造、流通、販売が禁止された。そのアブサンに代わって登場したのが、パスティスである〟

多鶴さんは意外に人の悪いところがある。

たしかに、少しクセのある甘くて強い酒は大川さんの今の気持ちにふさわしいけれど。

あるいは、「あなたは自分がつくりあげた富岡さんに恋をしているの、本当の富岡さんは違うかもしれないわ」とでも言いたいのか。

大川さんはひとしきりたわいのない話をして帰っていった。

次回のレクチャーに現れた大川さんは、少し緊張していた。もう孫の話はしない。口数も少なくなっている。陽気で押しの強い、やり手のビジネスマンはどこに行ってしまったのか。

その日つくるのは、いちじくと赤ワインソースのクレープだった。

「大川さん、なんか、今日、静か」

ヒロミさんが言う。

「ドンマイ。前回のことは、もう、富岡さんも気にしていないから。新しい気持ちでやりましょう」

キーちゃんも声をかける。

富岡さんはいつもどおり、自分の仕事をすすめる。

大川さんは最後までぎこちないまま、教室は終わった。


翌日、道草さん、白井さんがカウンターで飲んでいると、大川さんが現れた。カウンターに座り、いわしのグリルのガレットとスペインオムレツをオーダーする。

あれやこれやとしゃべって、二杯目になったときだ。

大川さんがおもむろに語りだした。

「つらつら人生を振り返ってみますとね、言って後悔するより、言わないで後悔したことのほうが多いなぁと思うんですよ」

「ああ、そうですなぁ。くだらないことはたくさんしゃべるのに、肝心なことを言わない。とくに家族とか身近な人。あれは、よくないね」

道草さんがすかさず賛同する。

「たとえば？」と白井さん。

「ありがとうとかさ、感謝しているとかね。そういうの照れるじゃない。だから、言わない。けど、言ったほうがいいよ。何年か前、女房にありがとうって言ったんだ。そしたらうれしそうな顔をするんだよ。初めて言われたなんてさ」

「それから、よく言うことにしたの？」

「ううん、言わないね。やっぱり照れるから」

「しょうがないわねぇ」

白井さんが呆れた顔になる。

「やっぱり外国の人は、奥さんにも愛しているなんて言うんでしょ」

大川さんが多鶴さんにたずねた。

「それは人それぞれでしょ。でも、まぁ、日本人よりは言う人は多いかもしれない。言葉にしないと伝わらないって考えているから」

「言葉にしないと伝わらないねぇ」

道草さんがつぶやく。

「やっぱり言われたらうれしいもの。嘘《うそ》でも」

白井さんがオリーブをつまみながら言う。

「嘘でも？」

大川さんが意外そうな顔になる。

「言葉って形でしょ。思っているだけだったら見えないけれど、口に出したら形になる。ぴかぴか光るダイヤモンドみたいに指にはめて、時々ながめられるのよ。あのとき、あの人はこう言ったわって」

「そんなもんかねぇ」

「もちろんよ。女の人はそういう言葉を忘れないし、大事にしているもんよ」

「じゃあね、たとえば、あんまり、好きでない人に言われてもうれしいもんですかねぇ」

大川さんがまじめな顔でたずねた。

「愛しているって？」

白井さんが食いつく。

「いや、まさか、まさか。たとえば、きれいですねとか。……想っていますとか」

「おつきあいしている方がいるんですか？」

ぐいと詰め寄る。

「いや、それは、これから……」

大川さんの顔が赤くなる。耳まで染まった。

これ以上立ち入るのはいかがなものかと、詩葉は少し離れる。

多鶴さんもサラダかなにかをつくりはじめた。その多鶴さんを道草さんが呼び戻す。

「悪いねぇ。多鶴ちゃん、赤ワイン……、じゃなくて俺にパスティス」

「あたしにも。大川さんにも。飲むでしょ。で、どうなの？」

白井さんはまだこの話を続けたいらしい。

三人でパスティスをちびりと飲む。

「いえね、気になる方がいたので音楽会に誘おうと思うんですよ。もらいもののチケットが二枚あるので、いかがですかって」

「クラシックねぇ」

「よく分かりましたねぇ。そうなんです。ショパンのピアノコンチェルト」

「そうじゃなくてね。誘い方がオーソドックスだなって思ったから」

白井さんがしみじみとした言い方をする。詩葉も心の中でうなずく。いただきもののチケットが二枚。しかもクラシックコンサート。昭和だ。もっとも、大川さん自身、昭和の人だし、富岡さんにはぴったりだけれど。

「すてき。映画みたい」

「いやいや」

「照れるなあ」

言ったのは道草さんだ。

照れる、照れる。大川さんの様子を見ているから、よけいに照れる。詩葉もうなずく。

「その場合はやっぱり、月がきれいですねかしら。漱石《そうせき》先生にあやかって」

白井さんは自分が言われたように、うっとりと目をうるませた。グラスのパスティスが半分になっている。

「うらやましいわ。たとえばあたしがこれから先、三十年生きるとしてね、誰かにそんなふうに言ってもらえるかなって、思うわけよ」

「いや、可能性はゼロじゃあないよ。今、ほら、マッチングアプリとかあるから」

道草さんが言う。

「きれいな人なんでしょ」

その言葉を無視して白井さんが大川さんにたずねた。

「ええ、それは、もう」

「ね、そうなのよ。生まれながらにマドンナって人はいるのよ。あたしは侍女のほうだったけど」

「だから看護師さんは天職なのよ。人の役に立つっていいことだわ」

多鶴さんが諭《さと》す。

「ガレットの講座に参加してよかったです。ガレットのおいしさも改めて分かったし」

「え、じゃあ、大川さんの、その人ってガレット教室に来ている人なの?」

道草さんが大きな声をあげた。

「当然でしょ。すぐ分かったわよ、ねぇ」

白井さんが詩葉に同意を求める。詩葉もうなずく。

「えっ？　そうなの？　若い人じゃないよね」

「まぁ、いいじゃないですか。そうだわ、大川さん、フルーツトマト、どうですか？　甘いですよ」

多鶴さんが話をそらす。

フルーツトマトに香りのいいエキストラバージンオリーブオイルとフルール・ド・セルを振った一皿だ。糖度の高いフレッシュなフルーツトマトはそれだけでもおいしい、美しい。けれど、香りのいいオリーブオイルをとろりと一さじまとわせ、フルール・ド・セルの心地よい塩辛さがトマトの甘さや香りを引き出す。極上の一皿である。

「ね、ひょっとして富岡さん？　坂の上のお屋敷の。あの人もガレット教室に行くって言ってたから」

道草さんが言いあてる。大川さんの顔がさらに赤くなった。

「ああ、そうかぁ。そうだよねぇ。富岡さん。きれいだもんねぇ」

「ご存じなんですか？」

大川さんが身を乗り出す。

「うん。あそこの家のマンションはうちが管理しているから、昔からよく知っているんだ。そうかぁ、富岡さんかぁ。それはちょっとなぁ……」

「家庭の事情があるとか」

「いや、そうじゃなくてね。あの人、結婚式の一週間前に婚約者を事故で亡くしているんだよ。大学の同級生。傍から見てもお似合いだった。以来、ひとり。あれだけの器量だし、話はたくさんあっただろうに、みんな断った。あの大きな家に昔からいるお手伝いさんと暮らしている」

「つまり、どなたともおつきあいするつもりはないってこと?」

白井さんがダメを押す。

「いや、そこまでは知らないけどさ」と道草さん。

大川さんの肩が落ちた。

「そうですか。……じつは、この前、コンサートに誘おうと思っていたんですよ。そうしたら、富岡さんは急にフルール・ド・セルのことを持ち出したんです。『塩の花ってほんの少し使うからいいのよね。たくさん使えば、塩辛いだけだわ』って。それで私も言いだせなくなった。やっぱり、あれはもう、これ以上、近づかないでってことですよね」

みんなの目が赤いトマトの上のフルール・ド・セルに集まった。

透明で繊細な塩のかけらは使い方が難しい。

沈黙が流れた。

「あ、すみません。湿っぽくならないでくださいよ。私はただ、茶飲み友達っていうかね。いい話し相手になってもらえたらと……。だから別に音楽会のほうは……」

急にトーンダウンする。白井さんが顔をあげた。

「大川さん。誘ってあげてよ。ね、それで言うのよ。月がきれいですねって。これは、あたしからのお願い。断られるかもしれないけど。もし、オーケーが出たら、帰り道で言うの。いや、言わなくちゃだめよ。月がきれいですねって。あなたを想っていますって。もし、富岡さんが音楽会に来たら」

「そうよ。そうだわ。富岡さんを音楽会に誘わなくちゃだめ。それで、絶対言ってね。月がきれいですねって。それは大川さんのためでもあるし、富岡さんのためでもあるのよ。人生にフルール・ド・セルは必要なんだから」

多鶴さんが強く言った。

「いや、そうですかぁ。言えるかなぁ」

大川さんは困った顔になった。

4

最後のレクチャーに、多鶴さんは予定どおりクレープシュゼットをつくった。多鶴さんが教室用に準備したレシピはフライパンで砂糖を焦がしてカラメルをつくり、オレンジジュースでのばしてソースにし、クレープをからめるというものだ。

デモンストレーションでは最後にオレンジのリキュール、グランマルニエをかけて火をつけた。ぽっと青い炎があがる。炎が揺れ、淡い卵色のクレープが一瞬、華やいだ。参加者から歓声があがった。ヒロミさんは手をたたいて喜ぶ。キーちゃんは家で再現するつもりだろう、真剣な表情でメモをとる。富岡さんは目を輝かせ、やって来たときからずっと緊張している大川さんはやっぱり緊張したままだった。

やがて炎は少しずつ小さくなる。炎がすっかり消えるまで、大川さんは見つめていた。

手軽な方法とはいえ、フライパンでバターと砂糖を焦がしてカラメルをつくり、さらにオレンジジュースでのばすというのはなかなか難しい。カラメルを焦がしすぎたら苦くなるし、オレンジジュースを上手に加えないとカラメルが固まってしまう。

キーちゃんと富岡さんが協力してつくっている間に、ヒロミさんと大川さんは飾り用のオレンジの皮を細切りにして砂糖で煮た。

クレープは四人とも上手になっていた。とくに目覚ましいのは、大川さんだ。道具を買って家で練習したに違いない。ほどよい厚み、焼き色になったら、くるりとひっくり返し、フライパンの中で四つ折りにする。

「まぁ、お上手になりましたねぇ」

富岡さんが感心すると、大川さんはやっと少し落ち着いた様子になった。

ふっくらと焼きあがったクレープは、オレンジの甘酸っぱさとカラメルの香ばしさをまとわせている。

「これを考えたのは、アンヌ王妃ですか？」

質問が出た。

「一説には、菓子職人のアンリ・シャルパンティエが調理中、間違ってリキュールに火をつけてしまったことで生まれたと言われています。目の前で一からデザートを仕上げてくれるホテルレストランもありますよ。もちろん、最後には青い炎をあげるパフォーマンスがあります」

「わぁ、おしゃれ。お姫様の気分ねぇ」

ヒロミさんがうっとりと目を細める。

「クレープシュゼットは特別な日のための、特別な一皿です。毎日をていねいに暮らすことも大切ですけれど、人生には特別な日も必要ですよね」

そんなふうに、多鶴さんのガレット教室は終了した。

それから二週間が過ぎた。

大川さんはあの日以来、ポルトボヌールに顔を見せない。

道草さんも白井さんも気になっているはずなのに、大川さんの話題は避けている。

店に来ないということは、断られてしまったのか。

詩葉のガレットとクレープの腕はあがった。温めたクレープパンに生地を流すと、やがてやわらかな卵の香りとともに小さな泡が浮かぶ。その瞬間が好きだ。ガレットやクレープが動きだす感じがする。

ひっくり返す瞬間はいつも緊張する。タイミングはよいのか、ムラなくきれいに焼けているのか、返してみなければわからない。やり直しはできない。

「もっと楽しそうな顔をして焼きなさいよ。そんな怖い顔で焼かれたら、おいしく食べられないわよ」

多鶴さんに言われる。

「まぁ、あとは数をこなせばいいだけだから。堂々とね」

焼いたガレットやクレープは詩葉がまかないで食べる。今日はきんぴらごぼうとスクランブルエッグだ。多鶴さんは冷凍してストックしてある白飯である。夕やけだんだんのそばの中野屋で買った葉唐辛子の佃煮とみそ汁が最近のマイブームだ。このごろ、詩葉は多鶴さんに代わって焼くこともあるほど、腕があがった。

結城玲央については新しい情報があった。店のスタッフが、彼をパワハラと労働基準法違反で告発したのだ。残業は月百時間を超え、仕事が遅いなど暴言を吐いたという。訴訟になるらしいが、結城玲央は依然として雲隠れしたままらしい。

さわやかな風の吹く、日差しの明るい土曜日だった。ポルトボヌールのドアが開くと、大川さんがエスコートして富岡さんが入ってきた。一瞬、ぱあっと花が咲いたような感じがした。

富岡さんは白いボウタイのブラウスに淡いグリーンのカーディガンをはおっていた。それが富岡さんらしく、よく似合っていた。

「まぁ、今日はありがとうございます」

多鶴さんが挨拶をした。

「前からこちらのお店にうかがいたいと思っていたけれど、わたくしはひとりでお店に入るのが苦手なんですよ。その話をしましたら、大川さんが案内してくださるっておっしゃって」

「それはよかったです」

二人はカウンターに座った。大川さんは生ハムとアボカドのガレット、富岡さんはスモークサーモンとホワイトアスパラガスのガレットをオーダーした。

「ひとりでお店に入れないと不便じゃないですか」

多鶴さんがたずねた。

「ええ、以前はお友達を誘っていたんですけれど、みなさん遠くに引っ越したり、いろいろで。だから、今はほとんど家でつくって食べています」

「家事もなさるんですか？」

大川さんがたずねた。

「いやだわ。もちろんですよ。身のまわりのことは自分でいたします。掃除も洗濯も料理も買い物も。庭の手入れも一から植木屋さんにお願いすると大変だから、なるべく自分でするんです。梯子《はしご》にのぼって通販で買った大きな高枝ばさみを使って、こんなふうに」

高枝ばさみで枝を切る真似をした。その様子を大川さんは愛おしそうにながめている。

焼きあがったガレットを前に富岡さんは目を細めた。

「わたくし、キュリー夫人に憧れて物理を勉強したんです。父は湯川秀樹《ゆかわひでき》先生を尊敬していて、物理学ならいいと進学を許してくれました。教授が女は嫁にいったら学問をやめてしまうから教えたくないと言うので、そんなことはしないと直談判《じかだんぱん》しましたの」

「それは勇ましい」

「お転婆《てんば》でしたから。研究者の道を二人で進もうって約束した人がいたんですけど、事故でね。結局、そのことで研究からも遠ざかってしまいました。教授には申し訳ないことをしました。そのころからしばらく、外に出ると人が見ているような気がして、家に引きこもるようになったんです」

それから、富岡さんはホワイトアスパラガスをゆっくりと味わった。北海道から取り寄せたホワイトアスパラガスは大地の力を蓄えて、甘く、やわらかい。鮮やかな卵色のオランデーズソースをまとい、白く輝いている。

「おいしい。やっぱり、外でお食事するのって楽しいわね」

「そうですか。それなら、よかった。そうだ。今度、駅前の行列のできるラーメン屋さんに行きましょうよ。意外にあっさりして、しかもコクがある。うまいですよ」

大川さんが誘う。自信に満ちた大人の男の顔をしていた。

「ええ、お願いします。ずっと、行きたかったの。どんなお味かしらって思って」

ひとりでレストランに入れないのも、物理学が得意で教授に談判するのも、梯子にのぼって庭木の枝を切るのも、同じ富岡さんなのだ。富岡さんはきっと、まだまだたくさんの顔をもっているに違いない。ただきれいなだけの人ではない。悲しいことや辛いことを経た。強いところも、傷つきやすいもろいところももっている。

もちろん、大川さんも同様だ。

想いは言葉にしなくては伝わらない。言葉にするのは勇気がいることだけれど、人を前に進ませる。

「あら、フルール・ド・セルがかかっているのね。おいしいわ」

富岡さんがつぶやいた。

「今日は特別なお客様を迎えましたから」

多鶴さんが答えると、大川さんはとびっきりの笑顔になった。

この翌日、ポルトボヌールの小さな庭のオレガノやカモミールが小さな花をつけた。

第五話

白井さんのレモングラスティー

1

いつものようにカウンターに座り、そら豆とえびのフリットをつまみに赤ワインを飲んでいた白井さんが言った。

「この前ね、池袋に映画を見に行ったのよ。古いポーランド映画でね、終わって灯りがついたらお客が六人しかいなかった」

白井さんは映画ファンである。しかもかなりマイナーな。

パルチザンの地下活動を描いた話で、大半は地下か夜のシーンで常に画面は暗い。役者の顔は汗と泥で汚れており、拷問と裏切りと戦闘が繰り返される。仲間は次第に減ってゆき、最後は全員死んでしまうという救いのない話だ。

「外に出ようと思ったら、声をかけられた。芳江《よしえ》って。見たら別れた亭主だったの」

道草さんが「へぇ」という顔になる。

「あたし結婚していたことがあるのよ。いろいろあって別れたけど」

「二人とも渋い映画が好きなのね」

多鶴さんが言う。

「まぁね、若いころ、市の映画サークルに入っていて、そこであっちと知り合ったのよ」

彼でも、元ダンでもなく、「あっち」である。

「外に出たら腹が減ったなぁって言うの。ねだるような目をして」

「それで二人で食事をしたんだ」と多鶴さん。

「そう。近くの居酒屋でビールまでおごってしまった」

「いい人ねぇ」

ため息をつく。

「しょうがないのよ。亭主っていうより、弟のようなものだから。いっしょに暮らしていたときも、あたしのお金でお姑《かあ》さんと三人で住んでいたの」

白井さんは看護師で、そのころ国立病院にいた。元夫の坪田正《つぼたただし》さんはドイツ語の翻訳家を目指していて、アルバイトの塾講師だった。収入は白井さんのほうが断然多い。

「弟のようなものねぇ」

多鶴さんがつぶやく。

「弟と弟のようなものってのは、どう違うんだ？　バールとバールのようなものくらい違うのか?」

道草さんがたずねる。

「バールのようなものって?」

白井さんが聞く。

「よく新聞に書いてあるじゃねぇか。バールのようなもので殴られたって」

「ああ、そういうこと」

「だからさぁ、普通の家にバールみたいなものはあっても、バールはないよ。バールで殴ったんなら、あらかじめ準備をしておいたってことになる。まぁ、つまり似て非なるものだね」

「そういえば、新聞では『日本刀のようなもの』とも書いてあるわね。あれは日本刀じゃないってことね」

多鶴さん。

「そうだよ。日本刀のある家はもっと少ないだろう。だいたい、日本刀は扱いが難しいんだ。相当稽古を積まないと人を斬れない。たいていはね、ぶったたいているだけだな」

「くわしいのねぇ」

「まぁ、不動産屋だからね。妙なことを覚えるんだ」

話はどんどんそれていく。白井さんが話を戻した。

「それで、今日、クリニックにあっちから連絡があったのよ。来週、新宿でベルイマンの特集があるけどって」

　イングマール・ベルイマン。スウェーデンの映画監督だ。

「お誘いがあったわけね」

「ふうむ」

　多鶴さんがたずね、道草さんがうなる。詩葉も聞き耳を立てる。

「どうせ金の無心ですよ。くたびれたポロシャツを着ていたから。ああ、この人、変わってないんだなって思った。……今どき、二千円も出せばファストファッションの新品のシャツが買えるでしょ。色もサイズもよりどりみどり。テレビCMで言っているんだから。そんなことにも思い至らないのよ」

「厳しいねぇ」

　道草さんがつぶやく。

「でも、会うんでしょ」

　多鶴さんが決めつける。

「まあねぇ」

「え、会うの？　そしたら金を貸すことになるよ。どうせ返ってこないよ」

　大川さんが顔をしかめる。

「分かってますよ。そんなこと。お母さんと二人で住んでいるんですよ。あっちはともかく、お母さんが気の毒だから。いいお母さんなんですよ」

「本当にいい人ねぇ。あなたがよ」

多鶴さんがしみじみと言う。

「まぁ、それじゃあ、しょうがないかぁ。あんたがそう思うならさ」

それから白井さんと道草さんはそれぞれの思いにふけった。

白井さんはいつも堂々としている。仕事ができて、藪坂先生やほかのスタッフからも信頼されている。おそらく若いころからそういう人で、家庭においても坪田さんという元のご亭主もお姑さんも白井さんを頼って暮らしていたのだろう。

それはそれで安定した、幸せな日々だったのではあるまいか。なぜ、それが壊れたのかは分からないが。

突然、道草さんが言った。

「チョウチンアンコウって知っているか？　光も届かないような深い海の底に棲《す》んでいる深海魚だ。頭のところに光る突起がついていて、その光に寄ってきたやつをすかさず捕まえている。その突起があるのはメスだけなんだ」

「オスはどうしているんです？」

詩葉がたずねると、道草さんがにやりと笑った。

「チョウチンアンコウのオスはちっちぇんだ。小指の先ぐらいしかないらしい。その体でメスにくっついて食わせてもらっている」

白井さんがちらりと道草さんの顔を見る。

「だって、深くて暗い海の底なんだよ。メスに会えるのは一生に一度、あるかないかだ。チャンスだよ。だから、出会ったら二度とはぐれないようにくっつくしかねぇ。癒着《ゆちゃく》しちまうんだ。そうやって子孫を残して、まぁ、そのうち、メスの体に飲み込まれちまうんだな」

「それもひとつの幸せかしら」と多鶴さん。

「俺は幸せだと思うよ。もちろんだよ。文字どおり一心同体。病めるときも健やかなるときもってやつだ。チョウチンアンコウのオスはもちろん、メスにとってもいいことだ」

道草さんが強く言う。多鶴さんと白井さんは、疑わしそうな目をした。

「あのさ、女房子供に不自由をさせないっていうのは、男の幸せのひとつなんだよ。俺が家族を守っているんだ、食わせているってのは誇りだよ。女の人にしても、頼もしい人に守られているっていうのが居心地いいわけだろ？　チョウチンアンコウは立場が逆になっただけだ。今の時代だもん。稼げる女が男を守るっていうのもありだ。そうじゃないかい？」

つまり道草さんは白井さんと坪田さんの再会を応援しているということだろうか。

白井さんは黙って赤ワインをなめている。

仕事が終わってアパートに帰り、パソコンをつけた。例のブログが更新されている。

〈ブルターニュを訪れたら、ポールドモアに行くことをおすすめする。

モネが美しい絵を描いている。

切り立った崖《がけ》があり、その下は海だ。
いわゆる自殺の名所、
二時間ドラマのラストで刑事が犯人を追い詰める場を想像してもらいたい〉

海岸の写真が出ていた。

ごつごつとした岩肌を見せる垂直の崖があり、波がぶつかって白いしぶきをあげている。海は青く澄んでいる。

まさしく「地果つる場所」だ。

〈伝説によると、五世紀ごろ、
グラドロンという王がブルターニュの海辺にイースという都をつくった。
イースの都は周囲に高い堤防がめぐらされ、

干潮時に水門を開けて水を取り入れ、満潮時に閉じて水を締め出していた。
この水門を開け閉めする黄金の鍵を持っているのは、グラドロン王だけだった。

イースの都は交易で儲《もう》けている。バブルだ。
立派なカテドラルや邸宅を建て、毎晩、宴会をして湯水のように金を使う。
どれだけ、たくさん金を使えるか競争だ。

グラドロン王にはダユーという美しい王女がいた。
ダユーは自分の欲望に忠実だ。
夜毎《よごと》、気にいった男を寝所に引き入れ、飽きたら殺し、海に捨てていた。

あるとき、どこからかひとりの美しい男がやって来た。
男の正体は悪魔で、王女に近づき、
夢中にさせると、愛の証《あかし》に水門の鍵を渡してくれと迫る。
最初は拒んでいた王女だが、ついに王から鍵を盗んで渡してしまった。
水門の鍵を開けると海水が一気に流れ込み、
イースの都はたちまち海に飲みこまれてしまった……。

あんまり欲張ったらだめですよ。
身を慎んでまじめにコツコツ働きましょうね、という教訓をこめている。

しかし、この話、少しおかしくないか。
むしろ悪魔はダユーのほうだ。若く美しい魔女。
いいじゃないか。ぞくぞくする。
俺のおふくろも自分の欲望に正直な女だった。
幼稚園児の俺をばあさんに預けて、自分はパリで好き勝手に暮らしていた。
きれいな人だったよ。ずっと会っていないけれど。
もうひとり、
この人はかつて、親の言いつけを守る〝いい子ちゃん〟だったそうだ。
それがあるとき、はじけた。遅れて来た反抗期だ。
あれこれあってブルターニュに来たそうだ。
これからは自分のために生きたいって言っていた。

まぁ、神様でも悪魔でも、どっちでもかまわないが、
ダユーのように生きるには覚悟がいる。

俺はその資格も根性もない。

おだてられて調子にのって、無様に洪水に流されちまうほうだ。

俺の場合は逃げ切れると思ったけど、どうやら溺れかけているらしい。　M・Y〉

2

夕方から降りだした雨はやみそうにない。細い糸のような雨が裏庭の草木を濡らしていた。

いつものように白井さんがやって来てカウンターに座る。グリルで焼いたアスパラガスやマッシュルームをつまみに赤ワインを飲みながら言った。

「昨日、映画を見に行ったのよ。あっちと。……元の亭主」

「そう。ベルイマン?」

「ううん、そっちはやめて『去年マリエンバートで』にした」

詩葉も題名だけは聞いたことがある。おそろしく前衛的な映画だという。

「映像が本当にきれいなの。台詞は詩なの。音楽的で謎めいていてね。出てくる人たちは美男美女で衣装はシャネルで舞台は王宮。でも、難しいのよ。何度見ても分からないのよ。……それから二人で居酒屋に行ったの」

難解な映画を見て、その後、あれこれ意見交換するのが好きな人たちらしい。

「……この前は悪かったってビールをおごってくれた」

「あら」

多鶴さんが目をあげた。多鶴さんはガレットを焼くときも人と話をするときも、タイミングを間違えない。

いよいよ本題に入るのだ。

「お母さんは施設に入ることを決めたんですって。お金はどうするのって聞いたら、今、友達といっしょに健康食品の輸入の仕事をしているから食べていくくらいは稼げるようになったって言うのよ。この前はあたしと会うとは思わなかったから、お金を持っていなかったんですって」

「じゃあ、借金は申し込まれなかったのね」

「そうなのよ。だったら、もっといい服を着なさいよって、思わず言っちゃった」

白井さんは明るい声をあげた。

そこに道草さんもやって来て、話に加わった。なんだ、なんだと聞くので、もう一度最初から白井さんが説明をする。

「ああ、よかったじゃねぇか」

道草さんもほっとした顔になる。チョウチンアンコウがどうのこうのと言ったけれど、白井さんが元の亭主に金を貸すのではないかと、かなり本気で心配をしていたのだ。

「立ち入ったことを聞くけどさ、前のご亭主とはお金のことでうまくいかなくなったのかい？」

「まぁ、それもあるわね。それからなんか、結婚が重たいだの、自由になりたいだのと言ったのよ。別に束縛したわけじゃないけどね」

「小難しい映画が好きなだけあって、考えることも一般人とは違うんだな」

「でも、白井さんはそういう理屈の多い男が好きなんでしょ」

「そんなこと、ないわよ」

「ああ、そうだな。インテリ好きだ。だいたい藪坂先生も理屈が多くて、一般人と違う。あの先生と長年うまくやっていけるってのは、そういうことだ」

「やあねぇ、やめてよぉ」

白井さんは真顔で反論した。


静かな夜だった。

道草さんと白井さんが帰り、ほかのお客も去って、店を閉めようかという時刻だった。

「まだ、いいかなぁ」

お客が入ってきた。どこかで見た顔である。

「あら、結城君」

多鶴さんが声をあげた。

噂の結城玲央だった。

トレードマークのロングヘアを短く切って、地味なシャツを着ているから分からなかったが、たしかに結城玲央である。テレビやネットで見たままの端正な顔立ちだ。ビニール傘を差していたのに、肩が濡れている。

カウンターに座ると言った。

「水。ミネラルウォーターじゃなくて、無料《ただ》のやつ」

差し出されたグラスの水を一気に飲むと、ひと息ついた顔になった。

「……しかし、人っていうのは、いなくなるときは、サーッて消えちまうもんだねぇ。あんなにたくさん、うるさいほどまわりにいたのにさ」

「世間なんてそういうものよ。お店はどうなったの？　ちゃんと方《かた》がついたの？」

多鶴さんが濡れたシャツをふくタオルを手渡しながらたずねた。

「もう、自分でも分かんねぇよ。間に人を立てて、従業員もそれぞれ行き先が決まって、借金は残ったけど、まぁ、一応、終わったかなって思ったら訴訟だろ。相手は被害者面《づら》しているけど、『おまえがそれ言う？』って感じだよ」

「結局、お金？」

「俺に個人的恨みがあるらしい。ずっと一緒にやってきたのにさ」

沈黙があった。

「お腹すいてない？　なんか食べる？」

「茶漬けがいいな」

「うちはガレット店よ」

そう言いながら多鶴さんは冷凍した白飯をレンジで温め、中野屋のあさりの佃煮ともみ海苔《のり》をのせてほうじ茶をかけた。温かい湯気とともに、しょうゆとあさりと海苔の香りが立ち上がった。

結城玲央は大ぶりの茶碗《ちゃわん》を摑《つか》むと、勢いよく食べはじめた。

一気に食べきって、また大きなため息をつく。

「今日、初めての飯だ」

カウンターで背中を丸めて座っている結城玲央は疲れた顔をしていた。テレビでは若々しく見えたが、四十はとっくに過ぎている。

「これは、私のおごり」

多鶴さんはパスティスのグラスをおいた。

「まぁ、でも、菓子の腕があるんだから、なんとかなるわよ」

結城玲央はじっとグラスをながめた。グラスはうっすらと水滴の汗をかいている。

「腕なんかねぇよ。たまたまクイニーアマンが話題になって、テレビに呼ばれて面白がられただけだから。最後のほうじゃ、フランスの話はもういいですなんて言われて、弁当のおかずつくっていたよ」

「器用になんでもこなせるからよ」

多鶴さんが笑う。

ブルターニュで修業をしたパティシエということで、テレビでクイニーアマンのレシピを紹介した。次に請われるままにつくったのが「食パンの耳でつくるクイニーアマン」。フライパンにバターと砂糖を溶かしてパンを焼くのだ。

「俺もよくやるよなぁ。パティシエ仲間からは、テレビに魂を売ったのかって言われた。まぁ、実際そのとおりだったんだけどさ」

クイニーアマンはパン職人の失敗から生まれたといわれている。パン生地にバターをのせて、そのままにしたらバターが溶けてしまった。仕方ないのでパイと同様に折りたたみ、のばして焼いたのだそうだ。

「俺としては、日本風につくりやすくしただけだったんだけどさ。その後、フレンチトースト風にしたり、チーズのせたりして、だんだんわけがわからなくなった」

「まあ、でも、あれはあれでおいしかったわよ。子供のころおばあちゃんがつくってくれたパンの耳を揚げて砂糖をまぶしたおやつを思い出したわ」

「そうだろ？　子供のころ、ばあちゃんと住んでいた家の近くの店で、サンドイッチつくった残りのパンの耳を十円とか、二十円で売ってたんだよ。ばあちゃんはそれを買っておやつにした」

テレビが求めていたのは、まさに、そういうレシピだったのだ。問い合わせの電話が殺到し、結城玲央は人気パティシエになった。

一時はテレビで結城玲央の顔を見ない日がないほど人気だった。

それなりの経験があって、テレビ映りがよくて面白いことが言えた。菓子だけでなく、料理もこなす。ワインに合うつまみ、特別な日のおしゃれなメニュー、アウトドア用の煮込み料理もあった。

テレビに出るとお客も増えて、菓子が売れた。デパートから出店依頼があり、コンビニからコラボ商品の企画が持ち込まれ、レシピ本の出版の話が決まり……と仕事は広がっていく。最初の小さな店からすぐに大きな店に移転し、スタッフも雇った。

その間にパリ時代からの恋人と結婚して離婚し、別の人と再婚したがそれも破れた。

「俺、日本人のべたべたしたつきあいが苦手なんだ。半分、フランス人だからさ」

「フランス語、得意じゃないくせに」

「しょうがねぇだろ。中学までばあちゃんと日本で暮らしていたんだ。日本の学校も面倒くさかったけど、そういや、パリでもあんまりなじめなかったな。おふくろが勧めるから料理の道を選んだ。料理人は腕さえあれば、一匹狼《いっぴきおおかみ》でもやっていける」

「料理の才能は認める」

「ありがと。……このまま、一生、こんなふうに生きられるのかなって思った。あんな、SNSにちょろっと書いたもんで全部がひっくり返るとは思わなかったよ」

きっかけは友人で俳優の浜島ヒロミツの離婚問題を、SNSで弁護したことだった。アカウントは炎上し、以後、矛先は結城玲央にも向かった。

結城玲央は腹立ちまぎれに書いた。

――味の分からない奴は来なくていい。

それが決定打となった。

「世間には俺のこと嫌いな奴がいっぱいいいたんだな」

「弱みを見せた者は徹底的に追い詰められるのよ」

「だけどさぁ、俺はともかくシローはかわいそうだよ。元のカミさんがなかなかの女でさ、事業をはじめるとかってシローの金注ぎ込んで、借金つくった。挙句にモラハラだのなんだのって騒ぎたてた。あんなふうに一方的にたたかれて。あいつCMも舞台も映画もみんなおろされて、事務所まで解雇された。まぁ、共演者に手を出したのはまずかったけど、それにしたってもうちょっと、うまく立ち回ればよかったんだよ。二人で朝までゲームをしていましたとかさ、いろいろ言い方はあるだろ。馬鹿正直に支えてもらっています、好きですなんて言っちまうから」

結城玲央は詩葉のほうを見て言った。

「あ、浜島ヒロミツっていうのは芸名でね、本名は北島四郎。演歌の人みたいだろ。覚えやすいからって親がつけたらしいんだけど、政治家ならいいけど俳優には向かないよ。ちなみに、俺の結城玲央も本名じゃない。戸籍上は結城正雄っていうんだ」

結城正雄。M・Y。

詩葉は結城玲央の横顔を見つめる。

「髪、今の短いほうがいいわよ。似合う」

多鶴さんは、ブログの内容を思い出して黙り込んでいる詩葉のほうを向いて続けた。

「結城君のお母さんがパリで小さなホテルをやっていてね、私はたまたまそこに泊まった。食堂の壁に『ブルターニュの少女たち』のポストカードがあって、ブルターニュに興味をもった。そこで出会ったのが結城君。不思議な縁よね」

やっぱり、この人が〈追憶の地　ブルターニュ〉のブログ主か。

多鶴さんはグラスにパスティスを注ぎ、自分と詩葉の前にもおく。

「マスコミに関わりすぎるのはだめだって分かっていたんだよ。だけど、俺、断るのが苦手なんだ。いやです、できませんって言えないんだよ。生意気だとか、天狗《てんぐ》になっているなんて言われるしさ。にこにこしてやって来て、いっしょにやりましょうって言うけどさ、実際は番組に都合のいいことだけをやらされるんだ。店の仕事もあるから寝る時間なんかねぇよ。結局、嫌われたくなかったんだな。……俺、誰のためにあんなに頑張っていたんだろう」

詩葉はブログにあったイースの伝説を思い出していた。

美しい聖堂も壮麗な邸宅も、すべてが水に飲み込まれてしまう。

——逃げ切れると思ったけど、どうやら溺れかけているらしい。

詩葉はついに黙っていられなくなった。

「結城さんはブログを書いていませんか？　〈追憶の地　ブルターニュ〉っていう」

「ああ、あれ？　君、読んでくれたの？　ありがとう。よく見つけてくれたね。五人くらいしか読んでないんだよ」

「もうちょっといます」

詩葉がまじめに答え、結城玲央は苦く笑った。その顔を見たら、ふいに胸を突かれた気がした。山城さんも、こんな顔をしていたときがあった。綾子さんも、薫さんも、大川さんも、ほんの一瞬、こういう表情を見せた。悲しくて、悔しくて、淋しくてやりきれないとき、人はこういう顔になるのだ。

突然、胸の扉が開いたように言葉があふれてきた。

「この前、ある人から教えてもらいました。猫は自分の居心地のいい場所で昼寝をするでしょう。だから、今いる場所が居心地悪かったら、もっとどこか楽にいられる場所を探せばいいんですって。見つけたら、そこを大事にするんですよ」

詩葉が突然しゃべりだしたので、結城玲央は一瞬、驚いた顔になった。そしてやさしい目をした。

「そうか。……そうだね。いいことを教えてもらった。ありがとう。参考にするよ」

詩葉はうれしくなった。もっとたくさんの言葉をかけたくなった。

「結城さんは人の気持ちに敏感なんです。なにが求められているのか気づけるんです。だから、テレビの人気者になった。それが、結城さんの個性で、ほかの人にない才能だと思います。でも、ずっとそうやっていると、疲れてしまう。どこか、もっと静かで安心できる場所に逃げ込みたくなる。それは逃げるんじゃないんです。避難なんです。だから……」

結城玲央は硬い表情になった。

しまったと思った。

初めて会ったばかりの人生の先輩に、こんなふうに説教してしまうつもりじゃなかった。ただ少し、元気をだしてもらいたかっただけだ。

言葉をかけるのは難しい。ただ、自分の思いを伝えればいいのではない。急速に気持ちがしぼんでいくのが分かった。申し訳ない気持ちでいっぱいになった。

「すみません。生意気なことを言いました。私自身もずっと居心地の悪さを感じてきたんです。高校時代は、ちょっとしたことでクラスの友人とうまくいかなくなって、図書室に逃げ込んでいました。その性格のせいで就職とか、仕事とか、いろいろなことがうまくいかなかったのだと思っていました。今でも、しゃべるのは得意じゃありません。相手を傷つけたらいけない、気分を害したらいけないと思うのに、反対になります。距離がうまくとれなくなってしまうんです。だから……」

言葉が途切れた。どう続けていいのか分からなくなって詩葉はうつむいた。

ジプシージャズが細かいリズムを刻んでいた。

多鶴さんが詩葉の肩を抱いた。

「いいのよ、詩葉ちゃん。それでいいのよ。言葉にしなくちゃ伝わらない。傷つけることを恐れて黙っているくらいなら、言葉にしたほうがいいの。ほら、あの結城玲央が神妙な顔して聞いているじゃないの」

結城玲央は肩をすくめた。

「分かるよ。君の気持ちはよく分かる。そうだね。俺も苦労してきたよ。ずっと離れていたおふくろと新しい父親とパリで暮らすことになったしね。中学でいきなりフランス語はきついよ。……そうか、個性か。才能か。うん、そう思うことにする。俺の人生は全部失敗かと思っていたけど、そうでもないんだな」

薄く笑って結城玲央は立ち上がった。

「居心地のいい場所かぁ。難しいな。見つけても、自分でつぶしちまうからなぁ。別れた女房に言われたんだ。『あんたって、物を壊す天才ね』って。まったくそのとおりだよ」

ふらふらと店の中を歩き回り、メニューの裏のゴーギャンの少女に目をとめた。

「あれ、ここにもこの絵があるのかぁ。おふくろがこの絵、好きなんだよ。あの人も時々、こういう顔をしていたよ。『世界中でパリが一番』って言っていたけどさ、やっぱり思うに任せないこともあるんだろうな」

結城玲央は遠くを見る目になった。多鶴さんはなにも言わない。詩葉も言葉が見つからない。

長い沈黙があった。

ジプシージャズのギターが叫び、機関車の響きに似た勢いのあるリズムが繰り返される。

多鶴さんが顔をあげた。

「やり直せばいいじゃないの。まだ、時間はたっぷりあるんだから。あなたのお母さんは言っていたわ。『思いどおりになる人生なんてないのよ。だから面白いんじゃないの』って。

こうも言っていた。『ブルターニュには君の人生を開く扉がある。その扉を開けるかどうかは君次第だ』って」

結城玲央は「おやっ」というふうに多鶴さんを見た。

「それ、おふくろから聞いたのか？　誰の言葉だって？」

「ゴーギャンよ。あの有名な画家のゴーギャン」

「はぁ？」

結城玲央は目をむいた。お腹を抱えて笑いだした。

「違うよ、それは全然違う。違うんだ」

「なにが違うのよ。人がせっかくいい話をしているのに、笑うことないでしょ」

多鶴さんの眉根が寄った。

「それはゴーギャンじゃなくて、ゴーギャンに憧れていた別れた亭主、つまり俺の親父の言葉だ。まだ友達だったおふくろを、そう言って旅に誘ったんだよ。俺には、あのひと言に騙《だま》されたって、よくぼやいていた」

「あら。なによ、それ」

多鶴さんは不機嫌そうに口をとがらせた。

「いや、店の名なら悪くない。いいと思うよ。流行りそうだ。さすが多鶴さんだ」

すっかりいつもの調子を取り戻した結城玲央は明るく出ていった。

3

何日か続いた雨がやんで、晴天になった。

ポルトボヌールの扉を開けて白井さんが入ってきた。横には男性がいた。前のご亭主、坪田正さんである。

「いやあ、芳江がいい店だ、いい店だって言うもんでね。一度、うかがいたいと思っていたんですよ」

坪田さんは甲高《かんだか》い声の早口でしゃべる人だった。

グレーのシャツにグレーのズボンで、油っけのない髪が中途半端にのびている。たしかにあまり身なりにはこだわらない人らしい。

「いつもあたしはこのカウンターに座るのよ。そうすると、多鶴さんが調理をするのが見えるから」

白井さんに促されて坪田さんも並んでカウンターに座る。

「なるほど、その丸いフライパンで焼くわけか」

坪田さんはさっそく興味を示す。

「ガレットっていうのはブルターニュの郷土料理なんですか。ブルターニュはいいなぁ。一度行ってみたいと思っているんだ。ケルトの文化が残っているし、あそこは数々の画家たちが訪れた場所だ。たしかゴーギャンも一時、暮らしていたことがある」

物知りである。

「多鶴さんはそのブルターニュでガレットとクレープを習ってきた人なのよ。ここのお店のガレットもクレープも本物なの。ハムもソーセージも自家製のものがあるわ」

白井さんがメニューを開いて勧める。

「そうかぁ。じゃあ、この生ハムとフルーツトマトのガレットにするかな」

坪田さんは鷹揚《おうよう》に答えた。

「飲み物はビールもいいけれど、ブルターニュにはシードルというりんごのお酒があるから、それを試してほしいわ」

いつもは、シードルもビールも泡ものと、一緒くたにしている白井さんがあれこれと世話を焼く。その様子がなんとなく姉と弟のようである。

シードルで乾杯。

坪田さんが印象派について語りはじめる。

そうこうしている間に生ハムとフルーツトマトのガレットが焼きあがる。卵ののった焼きたてのガレットを見て、坪田さんは目を細めた。

「ガレットはひとりのために一枚ずつ焼くものなんです。白井さんの帆立とアボカドのガレットも今焼きますから、温かいうちにどうぞ」

多鶴さんが勧める。

「じゃあ、遠慮なく」

坪田さんは長く美しい指をしていた。ナイフとフォークを巧みに扱って優雅に食べた。

白井さんのガレットが焼きあがり、並んで食べる。

シードルから赤ワインに進む。道草さんもやって来て、挨拶を交わした。

「でも、正さんが会社を立ち上げるとは思ってもみなかったわ。人に頭を下げるのが苦手だから」

「うん、その点はね、今もあんまり変わらない。けど、ネットが中心だから注文が入ったら送るだけ。いい世の中になったよ。別に人に会うわけじゃないから、服もいらない」

笑うと子供っぽい感じになった。

「失礼だけど、白井さんよりお若いの？」

多鶴さんがたずねた。

「僕のほうが二つ年上。昔から若く見られるんですよ。学生時代の友達に会うと言われますよ。好きなことをやって生きてきたから年をとらないんだって」

「そりゃあ、うらやましい」

道草さんが言う。

「まぁ、年齢はともかく芳江は僕にとっては姉さんみたいなものですからね。いつも世話を焼いてもらっていた」

「そうですか。白井さんも弟のようなものだって言っていましたよ」

「はは。それは会ったときから変わらないんだなぁ」

そういう二人もありか。

詩葉の頭に暗い海をゆっくりと進むチョウチンアンコウが浮かんだ。大きな姉さん役に守られて弟分が安心している。

「昨日、母親の施設を決めてきたんですよ。私はいいけど、おまえはこれから、ひとりでどうするんだって泣かれてね。参りましたよ」

「どなたかいっしょに住む人がいたら、お母さまも安心でしょうね」

多鶴さんがすかさず言う。

「人生百年時代ですからね。あなたなんて、まだまだだ」

道草さんも追い風をふかせる。

「そうなんですよ。じつは、今、ひとり、気になっている人がいましてね。……ただ、年がちょっと若いんだなぁ」

多鶴さんが「おや」という顔をする。

道草さんの口がへの字になる。

詩葉の頭の中のチョウチンアンコウが消えた。

「どんな人？」

白井さんがさらりとたずねた。

「事務を手伝ってもらっている人なんだけどね。髪が長くて、丸顔で目がくりっとしている。シングルマザーなんだ」

「……年はいくつぐらいの方ですか？」

多鶴さんがたずねる。

「三十三かな。僕とは十五も違う」

「いや、いや、いや。十五も違ったら話が合わないでしょう」

道草さんが言う。

「そうなんですよ。映画が好きっていうから、最近なにを見たのって聞いたら、なんとかアドベンチャーとか、かんとかハンターって言ってた。スカッとするアクションものだって」

坪田さんが明るく笑う。白井さんの顔が暗くなる。

「その子、今月、誕生日なんですよ。なんか、プレゼントをあげようと思うんだけどさ。……芳江、なにがいいと思う？」

一瞬の沈黙。次の瞬間、白井さんは笑顔になった。

「そうねぇ。やっぱりアクセサリーかな？　指輪じゃ重たいから、ピアスとかブレスレットとかは」

「ピアスかぁ。どんなのがいいんだろう」

ねだるような目で見る。

——まさか、いっしょに選んでほしいなどと言わないよね。

詩葉は思わず坪田さんの顔を見た。

「ああいうものも流行があるから。デパートに行って店員さんに相談すれば適当なものを勧めてくれるわよ」

白井さんは普通の顔で答えた。

それから白井さんと坪田さんは二人だけに分かる映画の話を続け、食事を終え、きっちり一円の単位まで割り勘にして帰っていった。

二人が出ていくと、道草さんが言った。

「早く気がついてよかったじゃないか。あの男は白井さんには合わないよ。彼女にはもっといい男じゃないと」

「そうよ。あの人はだめよ。いい年をして『弟』と『弟のようなもの』の違いも分からないなんて。まるで子供。お話にならない」

多鶴さんが怒った。


アパートに帰ると、母から電話があった。

「今、帰ったの？　毎晩、遅いんだね」

「店終わってから、片づけがあるからね。なに？　なんか用事？」

「うん。あんたに謝りたいと思ってさ。今までごめんね。うるさいこと言ったね」

思いがけない言葉だった。

「……詩葉に言われて気がついたよ。あたしは自分のできなかったことを、詩葉に背負《しよ》わせようとしていたんだね。あんたのためだと思っていたけどさ。……お母さんの時代は女の人ができる仕事は限られていたけど、今は、違うもんね。……やろうと思えば、なんだってできるんだよね」

母の声は低く、とぎれとぎれに響いてきた。

ごちゃごちゃと物の多い、実家の居間の様子が浮かんだ。

詩葉が高校生のころ、母は祖父の介護をしていた。歩くことも、立つことも困難になった祖父を母は風呂に入れ、食事の世話をした。ヘルパーさんを頼んだのは、寝たきりになってからだ。

そうしたことを、母は当然のこととしてやっていた。

詩葉が図書室にこもってばかりいることを、母は心配していたに違いない。

高柳先生のことはよく話題にあがった。先生に勧められた本を読んでいると聞くと、うれしそうな顔をした。

——いい先生だね。高柳先生がいるから安心だ。

そんなことを言った。

祖父の介護が続き、疲れた顔をすることもあったが、家族に不機嫌な顔を見せなかった。いつも元気な様子をしていた。

それが母の矜持《きょうじ》であったのかもしれない。

母が愚痴っぽくなったのはいつからだろう。

教師になればよかったのにと言いだしたのは、詩葉が新卒で入った会社を辞めて、派遣で働くようになってからか。

祖父も祖母も亡くなって、子供たちは家を出て、父と二人の暮らしになっていた。

母も年をとったのだ。淋しかったのかもしれない。

「お母さん、なんで、私の名前、詩葉ってつけたの？」

「だって、あたしは英語の先生だもの」

誇らしげな、晴れやかな声になった。

「人の言うことに耳を傾けて、ちゃんと自分の意見を言える子になってほしいと思ったからさ」

「そっかぁ」

「おじいちゃんは違う名前を考えていたんだけど、あたしは詩葉がいいと思ったんだよ。お父さんも賛成してくれた」

「私もこの名前好きだ」

「……………」

母の笑顔が見えた気がした。

「心配、かけてごめんね」

「……いいんだよ。子供のことを心配するのは、親の仕事」

「正月には帰るから」

「無理しなくていいよ。あんたが元気でやっているなら、それでいいんだ。仕事を頑張りな」

通話が切れた。

窓を開けると、大家の暗い庭が見えた。雨が近いのか湿った風が入ってきた。水の匂いがした。

一週間ほどした夜遅く白井さんがやって来た。もうお客はほとんど帰った時間だった。

「昨日もあっちからメールが来たの。映画を見に行きませんかって。笑っちゃった。昔から人の気持ちが分からない人だったけど」

「まぁ、もともとないご縁なのよ」

多鶴さんが赤ワインを注ぐ。

「全然変わらないのよねぇ。なんだか、昔のごたごたを思い出しちゃった。ほら、韓流ブームってあったでしょ。一次だか、二次だか。そのとき、学生時代の友達に誘われて二人で韓国語の翻訳会社を立ち上げたの。辞書さえあれば韓国語は読めるんだなんて言っちゃって。そのときも、仕事で知り合った女の人のことを好きになった。言われた。『僕には結婚が重たいんだ』」

「それで別れたの？」

「そうよ。会社を立ち上げるときに、あたしの貯金を使ったくせによく言うわよ。お姑《かあ》さんには申し訳ないって泣かれてね。そっちのほうが辛かったわ」

「お金は返してもらったの？」

「もちろんよ。早く返してもらってよかったわ。そのあとすぐ、会社は行き詰まったから」

白井さんは赤ワインをそろりと飲む。

「だけどね、この前、映画館で会って居酒屋に行ったでしょ。二人で映画の話をしていたとき、わりといい感じだった。別にね、もう好きとか嫌いとかじゃないのよ。自分の古い椅子《いす》を見つけたって感じかな。そのとき、ちらっと思った。万が一、よりを戻すようなことがあったら母は安心するだろうなって。世間体にこだわる人だから」

「大事なのはあなたの気持ちだから」

「そうなの。そうなのよ。なんで、そういうときに、母親のことを思い出しちゃうのかなぁ。あたしはもっと自由に、自分の気持ちに正直に生きたいのよ。仕事もあって、人生のキャリアも積んで、十分許される年になったと思うのよ。でも、それが難しいの。突然、もうひとりのあたしが現れてね、そいつは世間体とか、常識とか、もう古臭いことをたくさん言うわけ。申し訳ないとか、かっこ悪いとか、恥ずかしいとかね。そいつが出てくると、あたしは、まだ若くてお金もなくて失敗ばかりしていたころの気持ちに戻ってしまうの。ふっと気づくと、こういう顔になっているのよ」

白井さんはメニューを手にとって、『ブルターニュの少女たち』を指さす。

この人でもそんな気持ちになるのか。

詩葉は白井さんの横顔をながめた。

仕事ができて自立していて、それなりに人生を楽しんでいる。それでもやっぱり、居心地悪く感じることがあるのか。

「本当に恨めしそうな顔よね。ゴーギャンの自画像をネットで見たけど、どれも不機嫌そうにしていたわ」

「だってパリがいづらくてブルターニュに行き、ついにタヒチまで流れていってしまった人だもの。居心地の悪さって自分の中にあるのよ。世界のどこに行っても、追いかけてくるわよ」

「そうよね。あたしの居心地悪さも一生もんだわ」

「無神経な人になるより、いいじゃないの」

「そうね。少しぐらい損をしても、今のあたしでいたいわ」

話しながら多鶴さんはハーブティーをいれた。

白井さんがその手元をながめている。

この日のハーブティーはミントとレモングラスである。稲のような細長い葉をガラスポットに入れ、熱湯を注ぎ、ティーコージーをかぶせた。

「……ねぇ、聞いていい？　どうして多鶴さんは髪を赤く染めてるの？」

「私が、私でいるためよ」

ほかのお客は帰って店には白井さんと多鶴さん、詩葉の三人だけだった。

多鶴さんは厨房の椅子に腰をおろした。詩葉も白井さんから少し離れてカウンターに座る。いつものジプシージャズが流れていた。

「私がプロのギター奏者を目指していたことは知っているでしょ。十八のときに、私のギターはものにならないって分かったの。本当はもっと早くから気づいていたんだけどね。認めたくなかった。ギター奏者になることは父の夢だったから、その期待を裏切りたくなかったし」

多鶴さんは手を広げ、指をながめた。

「音大の受験に失敗して、その後、指が動かなくなった。医者にストレスだと診断されて、両親と私の三人でパリに行った。パリの小さなホテルに泊まったら、食堂の壁にゴーギャンの少女の絵のポストカードが飾ってあった。恨めしそうな、居心地悪そうな顔をしているじゃないの。ながめていたら、ホテルのマダムに言われた」

――もう、好きに生きたら。誰かのためじゃなくて、自分のために。

「それで、やっと父に、自分はギタリストになれない、ギターをやめたいって言えたの」

「親離れってこと?」

「いやいや、そう簡単じゃないのよ。だって、私は六歳でギターをはじめて、ずっと父といっしょに夢を追ってきたのよ。父は『今こそ、自分の出番だ』と思っている。クラシックギターからボサノバに転向したらどうかとか、指導者の道もあるとかいろいろアドバイスする。ギターと父はいつも私のそばにあったから、離れるなんて考えもしない」

ティー・コージーをとって、ハーブティーをカップに注ぐ。金色の液体から柑橘《かんきつ》系の香りが立ち上がった。多鶴さんはハーブティーを白井さんに勧め、詩葉と自分の前におく。

「ある日、たまたま新宿を歩いていたら、今まで聞いたこともない音色とリズムのギターが流れてきた。それが、このジプシージャズ」

指で中空を示す。

「ああ、これがそうなの? 聞きなれない、面白い音楽をかけていると思っていたのよ」

「私は吸い込まれるように、暗い地下の店に入っていった。ステージに黒い服の男がいてね、ギターを弾いていた。一瞬で、私は心を摑まれた。で、追っかけになった。そのとき、髪を赤くしたの。ステージにいる彼に、私が来たってすぐ分かるように。私の髪を見た父は激怒した。どこに行っていた。その髪はなんだ。ジプシーギターなんてものを俺は認めない。もう、大げんか」

「つまり、それが親離れってこと？」

「そうよ。密着した親子だから、離れるにもそれなりのドラマが必要なの。まぁ、そのころには、私も追っかけを卒業して、恋人に昇格していたんだけどね」

「じゃあ、彼の胸にとびこんだわけだ」

「そうはいかないわ。奥さんも子供もいるんだもの」

「ありがちな話だわねぇ」

白井さんはうなずき、詩葉はため息をつく。

「そんな大騒ぎがあって、私は家を出て、働きはじめた。クラブで弾き語りなんかしてね。酔っぱらい相手に弾くぐらいなら指は動くのよ」

「そのミュージシャンとは？」

「それっきり。私が好きだったのは彼の弾くジプシージャズで、彼そのものじゃなかったから」

「あっさりしているわねぇ。思い出して胸が痛んだりしないの？」

「全然」

「ちょっと、うらやましい」

白井さんは笑う。

「でも、父とはあんな形でしか別れられなかったことを申し訳なく思っている。もっと、穏便なやり方があったはずなのにね。……その後も、いろんなものを捨ててきたけど、この『ブルターニュの少女たち』のポストカードだけは、ずっと持っていた。お守りみたいに部屋に貼って毎日、ながめた」

——もう、好きに生きたら。誰かのためじゃなくて、自分のために。

「流されるほうが楽なのよ。違う、そうじゃない、私はこう思う、こうしたいって言うにはエネルギーがいる。疲れるのよ。ゴーギャンが不機嫌そうな顔をしているのは、分かるわ。あの人はいつもひりひりして、居心地悪かったんだと思う。……でも、そっちの道を選んだの。いいじゃないの、面倒くさい奴で。無理していい人のふりをするくらいなら、少しくらい嫌われても、私は私の道を歩きたい」

「多鶴さんはダユーだったんですね。結城玲央さんのブログにありましたよ」

詩葉が言った。

多鶴さんが笑う。

「ダユーって?」

白井さんがたずねた。

「とびっきり魅力的なブルターニュの女神様。元気をくれる私のお守り」

「なるほど」

「大丈夫。白井さんにもその資格があるから。藪坂クリニックの守護神でしょ」

白井さんはサッカーのゴールキーパーのように両手をあげた。声をあげて笑った。

「詩葉ちゃんもそうよ」

多鶴さんは返す刀で詩葉を斬る。

「分かったわ。だから、この店にはお任せがないし、シェアも許さない」

「そうよ。自分が食べるものは自分で決める。私はその人のために焼く。隣の人の皿のほうがおいしそうに見えても我慢する。自分が選んだ皿なんだから、ちゃんと最後までおいしく食べる。それがこの店の流儀よ」

「あたしも髪を赤く染めようかしら。なにか言われたら、だから、どうした、文句あるのかって言い返す」

冗談を言って白井さんは立ち上がった。

エピローグ

梅雨が明けて、入道雲がわきあがった。夏の日差しが、根津神社の青葉を光らせている。

詩葉の接客はスムーズになり、ガレットとクレープも上手に焼けるようになった。

雲隠れしていた結城玲央はマスコミの前に姿を現し、謝罪した。風向きが変わって、一連の騒動も終息に向かっている。浜島ヒロミツも近く芸能界に復帰するという。

そのニュースを見るたびに多鶴さんはぼやく。

——なによ、ゴーギャンじゃないんじゃないの。すっかり信じちゃったわよ。

このごろ、詩葉は自分でもおだやかな顔になったと思う。

店ではともかく、プライベートでは相変わらず人づきあいは悪い。友達といえるのは清美ぐらいで、その清美ともあまり連絡をとっていない。休みの日は本を読むか、映画を見るか、近所に買い物に行く。誰ともしゃべらずに休みが過ぎることもある。

だが、昔のことを考えてくよくよすることはなくなった。

夜まで仕事をして、アパートに帰る。

楽しいこともあるが、時々、ちょっと居心地悪い。

どこに行っても居心地悪く感じてしまうのは、詩葉の個性だ。

けれど、居心地悪く感じているのは詩葉だけではない。多鶴さんも白井さんも、いつも楽しそうな道草さんだってなにかしら居心地の悪さや息苦しさを感じながら、上手にやり過ごしているのだろう。

そのことに気づいて詩葉は少し安心した。

ガレットをひっくり返すように、くるりとすべてを変えることはできないけれど、少しずつ明るいほうへ進んでいければいいと思う。

——ブルターニュには君の人生を開く扉がある。その扉を開けるかどうかは君次第だ。

詩葉にとってのブルターニュは、ポルトボヌール。手の中に鍵がある。

本書は、書き下ろしです。

著者略歴

中島久枝（なかしま・ひさえ）
東京都生まれ。学習院大学文学部哲学科卒業。フードライターを経て、2013年、時代小説『日乃出が走る 浜風屋菓子話』で第３回ポプラ社小説新人賞特別賞を受賞し、デビュー。「日本橋牡丹堂 菓子ばなし」（光文社）「一膳めし屋丸九」シリーズにて、日本歴史時代作家協会賞文庫書き下ろしシリーズ賞受賞。その他の著書に「お宿如月庵へようこそ」（ポプラ社）など。

Kadokawa Haruki Corporation

中島久枝《なかしまひさえ》

しあわせガレット

*

2023年8月18日第一刷発行

発行者 角川春樹
発行所 株式会社 角川春樹事務所
〒102-0074 東京都千代田区九段南2-1-30 イタリア文化会館ビル
電話03-3263-5881（営業） 03-3263-5247（編集）
印刷・製本 中央精版印刷株式会社

ISBN978-4-7584-1448-7 C0093
http://www.kadokawaharuki.co.jp/